취미로 축구해요,
일주일에 여덟 번요

취미로
축구해요,

○ 이지은 ○

일주일에
여덟 번요

북트리거

축구가 어시스트해 준
삶의 기쁨과 슬픔에 대하여

○ 목차 ○

①   미안해할 시간에 한 발 더 뛸 것

②   팀과 사람과 사랑

일러두기

- 이 글은 오마이뉴스 '언젠가 축구왕' 연재를 바탕으로 하고 있습니다.
- 풋살과 축구는 경기장 크기, 공 크기, 팀 구성, 규칙 등에서 차이가 나지만
  풋살이 축구를 모태로 두고 있어 비슷한 점도 많습니다. 이 글에서는 풋살과
  축구 용어를 혼용하고 있습니다.
- 가독성과 편의를 위해 저자가 경험한 두 팀을 따로 구분하지 않고 서술했습니다.
- 이 책에 등장하는 동료들의 이름은 실제 이름이 아닌 별칭입니다.

○

축구하며 쌓아 올린
이 황홀한 기억들에 대하여

매일의 일정을 달력 앱에 저장해 둔다. 운동 약속은 빨간색, 개인 약속은 노란색, 회사 일정은 회색. 달력의 70퍼센트는 빨간색으로 물들어 있다. 주말은 중간중간 노란색이 섞여 있다가도 오후나 저녁에는 꼭 빨간색으로 끝난다. 축구를 시작한 후, 내 주변 사람들은 '함께 축구하는 사람'과 '축구하지 않는 사람'으로 나뉜다. 당연히 요즘 대부분의 만남은 앞쪽에 몰려 있다. 만나는 사람마다 묻는다.

"어떻게 그렇게까지 축구를 좋아할 수 있어요?"

좋아하나? 매일 발목에 C 타입 테이프를 둘둘 말아 깁스마냥 테이핑하고, 도수 치료사를 가족보다 더 많이 만나고, 회사에서 잘못할 때마다 "지은 씨, 출판인이야, 축구 선수야?" 소리를 듣고 자괴감에 빠지는데 이 운동을 어떻게 마냥 사랑만 할 수 있을까. 내게는 애증으로 가득한 운동이다.

그럼에도 달력을 온통 빨갛게 물들인 이유는 단 하나, 함께 뛰는 친구들 덕분이다. 한번은 대회에서 빌드업(상대의 압박을 피하고 공격으로 나아가기 위한 일련의 움직임 및 패스워크)을 하다가 헛발질하는 바람에 골대 바로 앞에서 공을 뺏기고 실점당한 적이 있었다. 결국 그 경기는 그 한 점 때문에 1 대 0으로 끝나 버렸다. 자괴감에 고개를 들지 못하던 그 순간, 팀의 모든 친구가 하나씩 돌아가며 내 어깨를 잡았다.

"잊어버려요, 언니가 무너지면 안 돼."

"멘탈 챙겨, 언니. 이제부터 시작이야. 우린 다음 경기가 첫 경기야!"

언니 다독이느라 바쁜 나의 친구들. 나보다 대범하고 마음 넓은 이 친구들이 어깨를 잡아 주는 덕분에 오늘도 공을 찬다.

공 차는 이야기를 하기 전에 고백할 것이 하나 있다. 이 책은 풋살과 축구 용어를 혼용해 사용하고 있다는 사실이다. 흔히 풋살을 '미니 축구'라 부르지만 풋살과 축구는 분명 다른 종목이다. 구장뿐 아니라 공의 탄성이나 선수의 움직임, 경기 시간과 룰까지 많은 부분이 판이하다. 다만 이 책에서 풋살과 축구 용어가 적당히 섞여 있는 이유는 내가 풋살과 축구를 섞어 배웠기 때문이다. 나는 풋살장에서 풋살을 하지만 축구 선수 출신 코치에게 훈련받는다. 그러다 보니 대회에서는 풋살 룰을 적용해도 평소 훈련이나 친선경기에서는 축구 룰과 풋살 룰을 섞어 사용한다. 예컨대 풋살장에서 딱딱한 풋살공을 사용하고 스로인이 아닌 킥인으로 공을 투입시키지만, 룰에 어긋나는 백 패스는 100번도 더 한다(풋살은 '우리 진영에서 백패스 1회'로 한정되어 있다). 책으로 엮으려다 보니 그 부분이 가장 마음에 걸렸다. 고민하다가 본문 안에서 용어를 섞어서 쓰기로 했다. 축구와 풋살은 룰도 공도 구장 크기도 기술도 다 다르지만 두 가지 모두 공을 찬다는 의미에서는 같은 방향성을 가지니까.

풋살과 축구 글은 어떤 사람이 쓸 수 있을까. 볼 컨트롤 능력이나 슈팅 능력이 좋은 사람이 관련 책을 쓸 수 있다면 나는 자격이 없다. 팀에서 제일 나이 많은 주제에 실력도 상위권은 못 된다. 매일같이 공을 차러 달려 나가는 친구들과 달리, 나 같은 경우에는 가난한 체력 때문에 훈련도 제한적이다. 게다가 나는 이 운동을 사랑하기만 하진 않는다. 미워하고 원망할 때가 더 많은 게 솔직한 심정인지라, 출간 제안을 계속 거절해 왔다.

그럼에도 책을 쓸 용기를 냈다. 가장 미숙하던 시절, 나를 응원하고 서툶을 견뎌 준 친구들처럼 나도 누군가의 용기에 한 줌의 응원을 얹고 싶기 때문이다. 글을 쓸 때마다 '한 번도 공을 차 보지 않은 여성'을 상상했다. 처음으로 공을 구매하고 새로 산 축구화를 들쳐 메고 운동장으로 나가겠다고 결심한 그를 응원하기 위해 계속 썼다. 내 글이 그를 움직이게 했을지 궁금하다. 누군가 내게 다가와 '지은 님 글을 보고 축구 시작했어요.'라고 말해 준다면 나는 "당신이군요!" 외치며 그 자리에서 녹아 버릴지도 모르겠다.

풋살장에서 처음 숨이 턱 끝까지 차올랐을 때, 나는 자유로웠다. 땀 흘리며 운동하는 것부터 남들과 몸을 부딪치는 경험까지 모든 처음을 겪으며 내가 잃어버린 것들에 대해 생각했다. 고등학교 때 운동장, 대학 체육대회에서 응원단만 했던 순간들을. 잃어버린 줄도 모르고 살았던 물건이 이름표를 붙인 채 내 앞에 나타난 것 같았다. 내가 축구를 하며 거친 황홀한 기억들을 여러분도 즐길 수 있었으면 좋겠다. 성별도, 나이도, 정체성도 떠나 모두가 자기만의 운동장 안에서 자유롭기를 바란다.

2024년 가을

이지은

① ○○○○○○
미안해할 시간에
한 발 더 뛸 것

새로운 세계에서 만난 새로운 사람들

내 눈을 틔워 준 직업, 편집자

매일같이 공을 차고 지금은 이렇게 글을 쓰지만, 주 직업은 출판편집자다. 주요 업무는 기획으로, 평소에 궁금했던 주제를 직접 작가들에게 의뢰해 책으로 만들어 낸다. 엮고 싶은 키워드나 아이디어가 생기면 전문가에게 자문한다. 정중한 이메일 한 통이면 일면식이 없어도 괜찮다. 일반 독자라면 답변 받을 확률이 희박하지만, 출판편집자라면 팬이 보내는 구애가 아닌 동업자의 제안으로 받아들여지기 때문이다.

나는 그저 얼기설기 엮은 기획안을 상대에게 내보이며 구체화를 주문하고, 그가 주억거리는 아이디어에 몇 가지 소스를 얹으며 이 말만 건넬 뿐이다. "이 주제로 책 한번 써 보시면 어떨까요?" 여기까지 성공했다면 이제는 가만히 앉아 전문가가 차려 주는 지식의 성찬을 맛보기만 하면 된다.

편집자의 관심이 가닿는 무엇이든 책이 될 수 있다(물론 돈이 되어야 한다, 즉 읽혀야 한다). 이 말은 편집자인 나는 누구와도 관계를 맺을 수 있다는 뜻이다. 흔히 '책'이 가장 돈이 적게 드는 간접경험이라고 이야기하는데, 나는 돈(월급)을 받으면서까지 이 간접경험을 최대치로 얻고 있는 셈이다.

덕분에 수많은 사람을 접해 왔다. 다녀 본 적도 없는 유수 대학의 교수부터 누구나 한 번쯤 만나 보고 싶어 하는 유명 작가, 소설가, 시인, 연예인, 정치인까지. 어디에나 글을 쓰는 사람은 있었고, 그들은 보통 책을 내고 싶어 했다. 작가들은 크든 작든 무언가를 이룬 사람들이어서, 그들의 책을 만드는 시간은 나를 성장시켰다.

문제는 하나의 세계에 오래 머물다 보면 다른 삶을 상상하기가 어려워진다는 점이다. 나는 이 직업을 16년 동안 계속했다. 출판의 세계는 워낙 방대해서 시야를 한껏 넓혀 주었지만, 동시에 내 눈을 빠르게 가리기도 했다. 어느 순간 이 세계가 기본값이 되어 버렸고, 이를 벗어난 세상을 잘 상상하지 못하게 되었다. 책의 세계가 아무리 넓다고 한들 그것들이 세상의 전부는 아닌데.

이럴 때 선택지는 두 가지다. 하나는 나와 맞닿은 세계를 고수하는 것. 다른 하나는 아직 접하지 못한 미지의 세계로 나아가는 것. 전자를 실행하기는 쉽다. 그저 이 순간을 유지하면 된다. 하지만 이 선택은 앞서 언급했듯이, 내 시야를 확장시키지 못한다. 16년간 쌓아 온 노하우를 매번 반복한다면 몸과 마음은 편하겠지만 일정 부분 고립되며, 스스로의 가능성을 차단하므로 성장의 한계도 분명하다.

나는 내가 이 직업을 선택하여 새로운 확장을 맛보았던 것처럼, 또 한번 성장하고 싶다. 시야를 넓히고 싶다. 그렇다면 어떻게 해야 하는가? 지금까지와 전혀 다른 맥락의 관계를 만들면 된다. 이는 일에 국한되는 바가 아니다.

새로운 세계로의 확장

출판이라는 우물 안에 있던 나는 얼마 전 축구라는 새로운 우물로 세계를 확장했다. 우리는 나이도, 사는 곳도, 직업도, 주변 환경도 다 다르지만 공 하나로 한데 섞여 지낸다.

물론 다양한 사람을 만나려는 목적으로 이 운동을 시작한 것은 아니지만, 축구를 하다 보니 내 주변은 자연스럽게 그간 상상할 수 없었던 친구들로 가득해졌다. 내가 어디를 가야 축구 콘텐츠를 만드는 친구에게서 "언니, 언니" 소리를 듣고, 웹 개발자와 함께 뛰어다닐까. 그런 직업이 있는 줄도 모르고 살았는데 말이다.

서울에 사는 직장인 이지은은 그보다 스무 살 가까이 어린 미성년자 고등학생과도 함께 경기를 뛰고, 경기도 고양시에서 사는 50대 중년 주부와도 필드에서 만난다. 평일에는 까마득한 후배인 1990년대생 사원과 까칠하고 근엄한 1980년대생 과장 사이지만, 주말이면 운동장에서 공을 맞대고 자매처럼 깔깔거린다.

카메라를 정면으로 바라보며 양손으로 브이 자 포즈밖에 못 취하는 내 옆에서 온갖 다양한 표정과 잔망스러운 액션들을 남발하는 친구들을 보며 나도 은근슬쩍 그들을 따라해 본다.

띠동갑뻘인 내게 "언니는 학교에서 교련 배우고 다닌 거 아니에요?"라며 놀리는 친구들 앞에서 진짜 교련 수업을 들었던 탓에 움찔할 때도 있지만(선택과목이었다고 울부짖었다), 나이와 삶의 역사를 초월해 한자리에서 재잘거리는 지금이 놀라울 때가 잦다. 내 작은 세계를 기꺼이 깨뜨려 주는 이 친구들이 결국 나를 어디로 데려갈지 내심 궁금하다.

게다가 이 친구들은 부족한 나를 기꺼이 받아들여 준다. 초보자인 내가 패스 미스로 빌드업을 망쳐도 그들은 내게 "나이스 트라이!", "괜찮아요, 언니. 다시 해 보자."라고 소리쳐 준다(물론 몇 달째 이 모양이다 보니 요즘은 조금씩 화를 내려고 시동 거는 것 같기도 하다. 내가 언니라서 다행이다). 내 성장에 진심으로 기뻐하고, 어렵다고 포기하려 들 때마다 채찍과 당근을 번갈아 들이대며 응원을 건넨다.

공이 좋아서, 너희가 좋아서

한번은 발목 부상을 당한 팀원을 대신해 나라도 친선경기에 출전해야 하는 상황을 앞둔 적이 있다. 경기는 코앞이었고, 다들 그날 일정이 안 되는 바람에 인원이 모자랐던 것이다. 그들은 궁여지책으로 나를 데뷔시키기로 결정했다.

"전혀 도움이 안 될 텐데. 나 때문에 져도 화내지 말아 줘."라며 벌벌 떨던 내게 한 친구는 "언니, 우리 팀 한 명 한 명이 얼마나 소중한데요."라는 다정한 말을 건넸다. 물론 나를 살살 달래서 경기를 뛰게 할 목적이었겠지만, 그 말이 "우리에게 당신은 이미 충분해요."처럼 들려서 마음이 몽글몽글해졌다(다행히 그날 비가 내려 경기가 취소되었고, 이후 데뷔는 요원해졌다).

학창 시절, 어른들은 종종 "지금 친구가 평생 간다"는 말을 내게 건넸다. 당시에는 그 말을 그저 "서로 사이좋게 지내라"는 의미로 받아들였다. 지금은 안다. 그 충고는 각자의 이해관계나 정치적 상황에 휘말리지 않고 순수하게 서로를 받아들이는 사이가 얼마나 소중한지 직접 경험한 선배가 삶의 후배에게 건네는 다정이다.

살면서 함께 몸을 부대끼며 뒹굴고, 격 없이 서로의 성장을 응원하는 사이가 얼마나 드문가. 나는 축구 덕분에 그런 이들을 만났고, 서로를 순수하게 받아들이는 관계를 하나둘 쌓아 나가고 있다. 이런 생각을 하다 보면 새삼 이 운동이 기꺼워진다.

이제는 이 운동이 좋아서뿐 아니라 친구들과 함께 뛰고 싶어서 잔디밭을 달린다. 부족한 나를 받아 준 그라운드 위 친구들에게 고마워서, 그들이 보여 준 세계가 생생해서, 좀 더 빨리 그곳에 닿고 싶다.

함께해서 견뎌 낸
시간들

생애 처음 맛본 무기력

몇 해 전, 백년해로를 약속했던 반려인과 10여 년을 동거한 반려 고양이가 3개월 차이로 암에 걸리더니 3개월 차이로 세상을 등졌다.

'가장 아끼던 두 존재가 더는 나와 같은 하늘 아래에 없다.'

이 한 문장을 받아들이기까지 꽤 오래 걸렸다.

우리는 서로의 삶의 기본값이었다. 가족을 만든다는 건 함께할 나날들을 어떻게 쌓아 갈지 고민하는 것뿐 아니라 그 자리가 비워진 이후까지 상상해야 하는 일이었다. 이 사실을 너무 늦게 알았다. 머리가 하얗게 세어 함께 걷는 미래만 떠올렸을 뿐, 상대가 없는 세계는 그려 보지 못했다. 내게는 하나의 물음만 남았다.

'남겨진 사람은 어떻게 살아야 하는가.'

이제까지 한 번도 고민해 본 적 없던 그 질문을 스스로 던져야 했다. 거기에 어떤 답이 있을까. 결국 찾지 못했고, 그 어떤 감흥도 느끼지 못하는 몸이 된 채로 삶 주변을 서성였다.

평소 촘촘한 계획과 노력을 쌓아 무엇이든 이루어 내는 유형이던 나는 그날 이후 그냥 무너지기로 했다. 계획 따위 어차피 예상치 못한 불행 하나에 속절없이 망가지는 법이니까. 그렇게 나는 나를 살아 있는 존재 가운데 가장 불행한 인간으로 취급했다.

혼자 남은 시간 동안 나는 자주 당신과 고양이가 먼저 가 있는 그 세계를 상상했다. 그곳에서 만날 우리를 그려 보았다. 그러나 나는 겁이 많았다. 혼자 살 자신도 없었지만, 내 가족들과 함께 죽을 용기도 없었다. 살지도 죽지도 못하는 날이 이어지던 시간을 가만한 식물처럼 견뎌 냈다.

그저 이불을 뒤집어쓰고 매일 울다가 잠들고, 자다가 일어나 우리에 대한 추억을 글로 적다가 다시 울며 잠드는 날을 반복했다. 집 밖으로 한 발자국도 나아가지 못하는 날이 이어지다 보니 휴대전화 속 만보기는 하루 200보 내외를 찍었고, 햇

살을 몸으로 맞이한 날의 기억도 점차 희미해졌다. 생애 처음 겪어 보는 무기력이었다.

죽은 시간을 버티게 해 준 세 가지

지난한 삶에서 나를 꺼내 준 몇 가지가 있다. 하나는 회사였다. 남들은 오전 아홉 시부터 오후 여섯 시까지 붙잡혀 있는 회사가 족쇄 같을지 모르겠지만, 혼자 남은 시간을 어찌할 줄 모르던 내게는 하루를 버티게 하는 몇 안 되는 끈이었다.

내 존재의 가치를 즉각적으로 증명하는 일이 있어 다행이었고, 출근해서 따뜻한 동료들과 눈 맞추는 순간들이 나를 버티게 했다. 내일 앉을 자리가 있어서 오늘을 견뎌 냈다.

다른 하나는 애플워치였다. 애플워치는 매일 바닥을 기고 있던 내게 친구 토란이 다가와 "같이 운동하자"며 손목에 채워 준 물건이었다. 늘 함께 있지는 못해도 시계 하나로 연결된 친구들과 서로 응원을 주고받는 그 시간이 나를 몇 걸음이라도 걷게 했다.

친구들에게 무기력한 나를 들키고 싶지 않아서, 나약해 보이고 싶지 않아서 움직였다. 덕분에 반려 고양이와 반려인 병

간호를 동시에 하느라 완전히 손 놓았던 운동을 조금이나마 다시 시작할 수 있었다.

또 하나는 축구였다. 평일에는 할 일들이 있으니 어찌저찌 견디는데, 주말은 어떻게 해야 하는가. 내 주말은 온통 당신과 함께였는데 말이다. 누구도 손 내밀지 않는 주말마다 나는 가자미처럼 납작 엎드려 암흑 속으로 침잠해 버렸다.

타인과 나를 연결시키는 축구

그날도 평소와 마찬가지로 이불 속에 웅크리고 있었는데, 친구 성애가 나를 끌어내기 위해 말을 걸었다. "저 오늘 축구 일일 클래스에 참여할 건데, 같이 갈래요?" 첫 체험은 무료라는 말도 덧붙였다. 장소는 집에서 한 시간 떨어진 거리인 강서구였고, 한 시간 뒤에 수업이 시작한다고 했다.

누군가와 함께 있고 싶어서 '가겠다'고 대답했다. 그렇게 친구의 손에 이끌려 한 축구 교실에 참여했다. 처음으로 만져본 공이었고, 뭐 하나 제대로 한 것도 없는데도 두 시간이 순식간에 지나갔다. 머릿속을 그렇게 깨끗하게 비운 건 정말 오랜만이었다. 그 두 시간만큼은 나는 '사별자 가족'이라는 생각에서 벗어날 수 있었다. 혼자 살아가야 할 나날들을 고민하지 않아도 되었다.

첫 체험이 끝나고 집으로 돌아와 자려고 누웠는데 자꾸만 머릿속에 아까 그 축구공이 날아다녔다. 결국 그날 잠을 제대로 이루지 못했다. 잠들기 전 이런 생각이 스쳤다.

'아, 이거 못하는데도 이렇게 재미있는데 잘하면 얼마나 재미있을까?'

두 존재를 병으로 잃기 전까지만 해도 나는 헬스부터 벨리댄스, 요가, 필라테스, 점핑 트램펄린 등 각종 운동을 놓지 않고 꾸준히 해 왔다. 하지만 대부분 혼자 움직이는 종목이었고, 다른 이와 합을 맞추어야 하는 운동은 거의 처음이었다.

지금 생각해 보면 팀으로 하는 운동이 내 상태를 개선하는 데 많은 도움이 되었던 것 같다. 당시의 나는 혼자 있을 때마다 침잠했으니까. 누군가와 무엇을 하든 함께 있어야만 했다.

축구는 매일 타인과 나를 연결하고, 혼자가 아니라 같이 있다는 기분을 느끼게 해 주며, 바닥을 박차고 달리게 해 주었다. 회사 동료들과 애플워치 그리고 축구. 질펀한 늪에서 허우적거리던 나를 살려 준 이 세 가지가 이야기하는 건 결국 '연결'이 아니었을까.

늦은 나이에 든 축구 바람으로 매일같이 운동장으로 뛰어

나가는 나를 보며 주변에서 걱정이 많다. '여자가 웬 공을 차냐'라는 놀라움, '네 나이가 몇인데'라는 우려, '다치면 어쩌려고 그러냐'는 걱정까지. 그런데 말이다, 이거 하지 말라는 건 나보고 다시 바닥을 기어다니던 그 시절로 돌아가라는 소리로 들린다.

물론 밥도 안 먹고 울기만 하며 글을 쓰던 그 시간이 내게 꼭 필요했지만, 그것만으로 지난한 삶을 채우기에는 남은 나날이 꽤 길 수도 있지 않은가. 우리 부부의 역사를 담은 책 『들어봐, 우릴 위해 만든 노래야』를 출간하자마자 '지금 생을 마쳐도 나쁘지 않겠다' 싶었는데, 지금은 축구하고 싶어서 조금 더 살고 싶다. 이 마음 정도면 축구해도 되는 거 아닌가.

○

울면서 출전한
나의 첫 경기

축구 경기를 안 하는 축구 선수

팀 스포츠는 혼자 할 수 없다. 서로를 향한 무한한 응원, 등번호와 이름이 적힌 유니폼, 함께 선 이들과의 동지애 등은 소속 없이는 얻지 못한다.

한번 입단하면 오래 안고 가야 한다고 생각해 팀 선택에 심혈을 기울였다. 서로에게 무해하고 안전한 관계뿐 아니라 타인에게도 관대한, 이른바 페어플레이 정신이 깃든 이들과 함께하고 싶었다. 그리고 그런 이들이라면 부족한 나를 따뜻하게 보듬으리라는 기대도 있었다. 한 달간 고민한 끝에 나를 가장 살뜰하게 챙겨 준 한 아마추어 팀에 가입했다.

팀원들은 대부분 축구 경력 2년 차로, 이제 초보 딱지를 떼고 한창 물오른 기량을 발휘 중이었다. 입단 당시에 나는 공 두어 번 만져 본 게 다였기에 그들이 '하늘 같은 대선배님'처럼 느껴졌다. 하필 또 나이는 왜 내가 제일 많은지. 실력도 체력도 미미한 왕언니는 한동안 팀을 겉돌았다. 웬만하면 어디 가서 주눅 들지 않는 성향인데도 필드 위에만 서면 자꾸만 어깨가 안으로 굽었다. 잘하는 이들 사이에 있으면 더 빨리 늘 줄 알았는데, 느는 건 눈치뿐이었다.

친구들은 수시로 친선경기를 주선하거나 아마추어 대회에 참가했고, 자꾸만 내게 경기 참여를 독려했다. 그들에게 "알았어, 알았어."라고 대답했지만 경기 참석 투표에 슬그머니 '불참' 버튼을 누르는 날을 반복했다. 출전을 망설인 이유는 하나였다. 나 때문에 질까 봐, 친구들 열정에 찬물 끼얹을까 봐. 한번은 우리 팀이 친선경기에서 승리했는데, 혼자 조용히 '이번 승리는 다 내 덕이야, 내가 안 간 덕분이지.'라고 중얼거렸다.

그렇게 입단 4개월째. 내 소극적인 태도를 누군가 내내 주시하고 있었다. 별명이 '황소'인 회장은 언제나 저돌적인데, 한번은 내게 "언니는 대체 언제까지 도망 다닐 거야!"라며 불같이 몰아쳤다.

"인큐베이터 속 아기처럼 곱게 키워 준다며…"

"그런 게 어디 있어! 우리는 다 축구 시작하자마자 경기 나가고 그랬어!"

코너 끝까지 몰아붙이는 황소의 기세에 잔뜩 찌그러진 나는 결국 "알았어, 나갈게. 나가면 되잖아."라는 대답과 함께 울면서 그다음 경기 출전을 감행했다.

백전백승하는 전략가의 첫 출전 경기

개인적으로 경쟁에 굉장히 취약한데, 지난한 사회생활을 거쳐 드디어 지지 않는 법을 터득했다. 바로 '그 무엇도 시도하지 않기'다. 시작하지 않으면 실패하지 않으니까. 순서를 기다릴 때도 상대가 나보다 의욕적이면 물러나 줄 마지막에 서고, 서로 양보하는 분위기일 경우에는 제일 앞으로 나아간다. 곱게 자리를 넘겨주고 남들이 꺼리는 자리를 차지하는 것이다. 이런 내가 시합이라니, 이겨야 한다니, 물러서지 말라니.

전전긍긍하며 돌아다니는 내 모습을 가만히 지켜보던 누군가가 "첫 게임인데 누가 뭘 바라겠냐. '못하지만 차근차근 단계를 밟아 가겠다'는 마음이면 됐지."라고 조언해 주었다. 그러게. 누구도 내게 그 무엇도 기대하지 않는데! 이를 깨달은 순간

온몸에 들어갔던 힘이 스르륵 빠졌고, 이내 경기에 출전할 용기를 얻었다.

첫 출전 날. 지인의 조언 덕인지 경기장 위에 섰음에도 심장박동이 빨라지지도, 긴장하지도 않았다. 햇병아리라 경기 전체를 볼 여유는 없어서, 그냥 눈앞에 있는 것 하나만 제대로 해내기로 마음먹었다. 공 한 번만 걷어 내고, 몸싸움 한 번만 이겨 내고, 상대 공격수 공을 뺏지는 못해도 적어도 불편하게 끔 알짱거리기나 하자고.

한번은 킥인(터치라인 밖으로 나간 공을 발로 차서 들여보내는 풋살 규칙) 상황이 왔다. 가장 가까이 있던 탓에 터치라인으로 다가서는 동안 상대 팀의 어수선한 분위기를 느꼈다. 그들이 자리 잡기 전에 빨리 뭔가를 해야 한다는 생각에 공을 라인에 놓자마자 바로 상대 팀 안쪽에 포진하고 있던 공격수에게 찔러 줬다.

공격수는 발바닥으로 공을 긁어 순간적으로 상대 수비수 하나를 제치더니 긴 포물선과 함께 오른쪽 공격수 발에 찰떡같이 붙여 주었고, 그의 반 박자 빠른 슈팅이 상대의 골망을 흔들었다. 다들 두 사람의 어시스트와 골 결정력에 환호성을 지르는데, 나는 속으로 나만 칭찬했다.

'와, 방금 뭐야? 나 너무 멋있잖아…'

곧 나의 첫 경기의 끝을 알리는 휘슬 소리가 울렸다. 경기 후 팀 친구들에게서 "언니 첫 출전 축하해요."라는 말을 듣는 순간 '이제야 내가 이 팀의 일원이 되었구나.'라고 느꼈다. 실수 해서 폐 끼치고 싶지 않다는 마음으로 도망 다닐 때는 모르던 감정이었다.

신입의 자세란 무엇인가

그간 남보다 늦게 시작했다고, 어설프고 느리다는 이유로 너무 몸을 사리지 않았나. 어쩌면 나를 가장 못 미더워했던 건 내가 아니었을까. 신입의 한자어는 새로울 신新 자에 들 입入 자로, '새로 들어온 사람'이라는 뜻이다. 경험치가 0인, 모든 게 낯선 새 사람에게 얼마나 큰 기대를 품겠는가.

회사에서 월급 주는 사장조차 신입의 가능성을 보고 돈을 지급하는 것일 뿐 단기간에 큰 업적을 이루리라 기대하지는 않는다. 그저 앞으로는 같은 실수를 반복하지 않겠다고 다짐하면 그만이다. 누구에게나 실수를 쌓을 시간이 필요하다는, 그 기본을 나는 간과하고 있었던 것이다.

이제는 어설픔을 인정하고, 스스로에게 기꺼이 실수할 시간을 주려고 한다. 아무런 시도도 없이 냅다 도망가기보다는 기꺼이 망가져 보겠다. 그러다 보면 뭐라도 하나 건지지 않을까. 경기는 7 대 3이라는 대패로 마무리되었지만 적어도 '첫 출전'이라는 작은 성취를 얻은 것처럼 말이다. 경쟁의 패배로 얻은 대가치고는 꽤 마음에 든다.

○

"처음 뵙겠습니다,
저 축구 좀 가르쳐 주세요!"

운동인으로서의 덕목

운동인으로 성장하려면 어떤 덕목이 필요할까? 수십 분을 뛰어도 고갈되지 않는 체력? 순간적으로 상대를 제치는 탁월한 개인기? 넓은 시야? 빠른 순간 스피드? 대단한 드리블 실력? 골 결정력?

물론 모두 중요한 능력이지만 초보자에게는 지난하다. 이런 능력들보다 빠르고 쉽게 갖출 수 있는 태도는 '끈질김'과 '들이대기'가 아닐까 싶다. 마음만 먹으면 되니까.

시작은 늦었어도 성장만큼은 빨랐으면 싶은 마음에 자꾸만 조급해졌다. 언젠가 팟캐스트 '송은이 김숙의 비밀보장'에서 농구 선수 현주엽이 농구에 노련해지고 싶다는 송은이에게 "그러려면 방송 녹음하는 지금도 한 손으로는 공을 튀기고 있어야 한다"고 조언한 적이 있다.

그 말을 귀에 담으며 '회사 책상 밑에서 굴릴 공 하나 살까? 책상에 가려지니까 내 발놀림을 아무도 모르겠지?' 생각했는데, 내 사회적지위와 체면을 생각해서 참았다. 대신 점심시간에 회사 근처 공터로 몰래 숨어들어 리프팅(발, 이마 어깨 등을 활용해 공을 바닥에 떨어뜨리지 않고 튀기는 훈련) 연습을 했다.

그마저도 연습 첫날부터 한 동료에게 발각되었고, 그가 다른 동료들을 불러 모아 구경시키는 바람에 수치심에 고개를 들지 못하는 하루 해프닝으로 끝나 버렸지만.

같은 팀 친구들은 나보다 이미 몇 단계 레벨업 한 상태라 마음이 급했다. 비슷하게 시작했어도 지적에 함께 공을 차 주는 애인 덕에 훨씬 성장 속도가 빠른 이들도 몇 있었다. 반면에 나는 축구와 풋살의 차이도 잘 몰랐고(내가 축구하는 줄 알았는데 풋살이더라!), 구기 종목도 거의 처음 접해 보는 데다가 내 미숙함을 기꺼이 인내해 줄 만한 애인도 없으니까. 열심히 하는 건 누구보다 자신 있는데, 어떻게 해야 하는지 몰라서 답답했다. 그때 황소가 조언을 주었다.

"언니, 20대가 체력으로 운동한다면 30대는 재력으로 운동하는 거야. 20대는 체력, 30대는 재력. 돈을 써."

30대의 재력을 과시하기 위해 축구 교실을 수소문했다. 문제는 대부분의 축구 교실은 초등부 어린이가 중심이고, 그나마 여성 초보 수업은 평일 오전 10시에 개설된다는 점이었다. 팀 설명에는 이렇게 적혀 있었다.

'초보 여성/주부반.'

여성은 성별이고 주부는 직업인데 어떻게 한데 묶이는지 의아했는데, 이는 합집합이 아니라 교집합이어야 수강 가능하다는 의미였다. 이 시간대는 가족을 회사나 학원, 학교에 보내고 잠깐 숨 돌릴 틈에 운동하려는 여성들이 참여 가능한 시간이고, 여성이지만 직장인인 나는 해당 사항에 들지 못했다.

저녁 시간대에는 보통 직장인반과 선수반으로 구성되는데, 이 역시 기본값은 '남성'이었다. 나는 마치 좋아하는 이에게 고백했다가 가차 없이 거절당한 사람처럼 혼자 처량하게 중얼거렸다.

"남자들만 축구 가르쳐 주고… 나는 안 가르쳐 주고…."

왠지 모를 서운함에 실망하기를 반복하다가 마침내 집에서 한 시간 떨어진 파주의 한 축구 교실 여성반을 찾아냈다. 수업은 오후 8시 30분부터 10시까지. 왜 이렇게 늦게 시작하는

지 물었더니, 주부들이 아이들과 남편 밥 차려 준 다음에 나오는 시간대라고 한다. 주부라는 직업의 퇴근 시간은 8시 30분이구나. 도대체 주부들은 왜 이토록 바쁜가.

덕분에 회사인이자 축구인인 이지은도 덩달아 바빠졌다. 평일 여덟 시간 근무하고 격렬한 운동까지 마친 후 집에 돌아오면 밤 11시. 기진맥진하지만 내게는 여전히 다른 선택지가 없다. 돈을 써서 배우겠다는데 받아 주는 데가 이렇게 없다니. 대체 어디 가서 내 재력을 과시하나.

스승님 만나는 법

그래서 얼굴에 철판 깔고 아무에게나 '운동 선생이 되어 달라'고 부탁하기로 했다. 파주, 고양, 김포, 화곡, 은평 등 서울을 중심으로 서북부 지역이라면 어디든, 축구를 가르쳐 준다는 곳이 있다면 달려 나갔다. 언젠가 후배 세봉에게 "축구 좋아한다는 네 애인 일주일에 두 시간만 빌려 달라"고 졸랐다. 실제로 그의 애인이 내 제안을 수락해서 토요일 오전마다 볼 컨트롤 기술을 배우는 호사를 누리기도 했다.

한번은 동네 친구인 기린이 운동 만능이라는 지인을 연결해 주었다. 얼굴 한번 본 적 없는 그분 집으로 찾아가 "안녕하세요? 축구 좀 가르쳐 주세요!"라며 들이댔다. 처음에 한껏 당황한 그는 "제가 누굴 가르쳐 줄 실력이 안 돼요."라며 손사래를 쳤는데, 나중에는 "알겠습니다. 제 이름이 뭡니까. 축구 선수 이천수와 똑같이 천수예요. 저만 믿으세요."라고 대답했다. 그때부터 나는 천수 님을 '코치님'이라 부르며 따르기로 했다.

당시에 천수 님은 우리가 한두 번 만나고 말 사이라고 생각했을지도 모르겠다. 가르침을 허락하기 전까지 물러날 기미가 없는 나를 살살 달래어 떼어 낼 생각 아니었을까. 어쩌면 필드에서 한두 번 상대해 주고 보낼 마음이었을지도 모르고. 반면에 한번 물면 놓지 않는 내 근성은 우리 관계를 일주일에 한 번씩 동네 구장에서 함께 운동하는 사이로 발전시켰다.

하지만 천수 님은 내가 아무리 번개를 쳐도 일주일에 한 번 이상 운동을 같이해 주지 않는다. 여기서 '들이대기' 기술의 한계가 드러난다. 천수 님 같은 축구 친구가 다섯 명만 더 있으면 얼마나 좋을까. 그러면 요일마다 돌아가면서 들이댈 텐데.

축구 친구 어디 없나

무리한 운동 일정으로 골반과 허벅지에 탈이 나 몇 주간 도수 치료를 받은 적이 있다. 올 때마다 점점 더 나빠지기만 하는 환자를 담당하게 된 내 치료사는 울상이 된 얼굴로 "대체 일주일에 몇 번이나 축구하시는 거예요?"라고 물었다. 갑자기 밀려드는 민망함에 차마 입이 떨어지지 않아 머뭇거리다가 "여덟 번…"이라고 대답하며 끝을 얼버무렸다.

토요일 아침에 눈 뜨자마자 A팀에서 축구하고 기진맥진한 상태로 집에 돌아와 한바탕 샤워한 후 낮잠을 몰아 자다가 일어나 저녁을 입안에 욱여넣고 다시 B팀에서 축구하고, 12시간 뒤인 일요일 아침에 다시 축구를 가는 나날을 반복하던 때였다. 내 말에 그는 "네? 선수들도 하루 시합 나가면 적어도 24시간은 쉬는데요? 게다가 회사 다니시지 않나요?"라고 물었다. 놀라서 눈을 동그랗게 뜨는 그에게 나는 다음과 같이 대답했다.

"치료사 선생님 축구 잘해요? 저 좀 가르쳐 주세요."

지금은 삶의 밸런스를 위해 운동을 일주일에 두세 번으로 줄이고 다섯 군데까지 늘렸던 축구 수업도 한 팀만 남기고 모두 정리했다. 초보에게 끈질김과 들이대기 다음으로 갖추어야 하는 덕목은 '오버하지 않기'라고 결론을 내렸기 때문이다. 물론 동네에 축구 친구 다섯 명만 더 사귀고 싶은 마음은 여전히 접지 않았다.

승리와 패배의
스펙트럼

○

욕심 없는 사람의 경쟁 운동

실체 있는 누군가와 자리를 다투는 게 지난하고, 지는 삶
이 지겹다. 경쟁을 얼마나 힘들어하냐면, 술자리에서 벌이는
게임조차 버거울 정도다. 보드게임을 즐기는 회사 동료가 점
심시간마다 트럼프 카드를 차르륵 흔들며 내게 다가와 "같이
하실래요?" 물어 올 때마다 이미 패배를 예감한 내 심장은 두
방망이질 치기 시작한다. 나는 나와 싸우는 게 제일 재미있는
사람이다. 그저 어제의 나만 이기면 족하다.

공을 골대에 얼마만큼 많이 넣는지 가리는 운동을 취미로
삼은 주제에 '경쟁이 무섭다'니 듣는 사람은 고개를 갸우뚱할

것이다. 초반에는 축구를 일종의 체력 단련 수단으로 여겼다. 경쟁과 쟁취의 운동이라 생각했다면 시작도 못 하지 않았을까.

물론 이 모든 건 그저 내 사정일 뿐이고, 보통 축구와 풋살을 취미로 하는 사람들은 게임하기 위해 모인다. 축구 교실에 가도, 풋살 팀 훈련에서도, 친구들과의 공놀이에서도 꼭 마지막에는 각자 다른 색 조끼를 나누어 입고 상대를 마주 보며 필드 안 공간을 차지하기 위해 다투곤 한다.

보통 초보들은 공만 보고 달리기에 모두가 한 공간에 우르르 모여 서로의 발을 차는 등 한바탕 난리가 난다. 초반에는 그들의 호기로움에 겁을 먹고 혼자 멀찍이 떨어졌다. 언젠가 뒷걸음질하는 내게 코치님이 "숨지 말고! 도망가지 말고!"라고 소리쳤다. 그 말이 딱 맞다. 나는 필드 안에서도 열심히 도망쳤다. 기가 막히게 잘 숨어 다녔는데 어떻게 보셨대.

패스도 마찬가지였다. 날아오는 공을 잘 잡은 뒤에 우리 편에게 넘겨주어야 하는데, 달려드는 수비만 보면 사색이 되어 받자마자 내팽개쳤다. 가뜩이나 기초도 부족한데 아무렇게나 내차 버리니 공이 계속 상대편에게 넘어가거나 라인 밖으로 빠져나갔고, 이후로는 더 자신이 없어지는 악순환의 연속이었다.

심지어 욕심도 못 내서, 빈자리를 찾아 달려가면서도 차마 우리 편에게 "헤이! 여기, 여기!"라고 소리쳐 알리지 못하고 조용히 어깨춤에 손을 들어 올렸다가 슬쩍 내렸다. 이런 내 모습을 매의 눈으로 잡아내는 코치님은 늘 "자신감 있게, 자신감 있게 해요!"라고 소리 지르고, 나는 속으로 '아, 제발 내게 관심 좀 가지지 마세요, 코치님!'이라며 울었다.

안전하게 지는 법

경기장에서 좀처럼 주눅 들지 않는 같은 팀 팀원에게 비결을 물은 적이 있다. 대학 축구 동아리 출신인 그는 "저는 지는 경기를 하도 많이 해 봐서 그런지 별로 안 떨리더라고요."라고 대답했다. 지려고, 질 줄 알면서도 경기에 임한다니. 내가 감히 상상해 본 적 없는 세계를 더듬어 보느라 잠시 할 말을 잃었다. 매번 경쟁 앞에서 꽁지 빠지게 도망만 다니던 나와 달리 그는 자신의 필드에서 나름의 싸움을 벌이며 패배마저 기꺼이 감내하는 단단한 친구였다.

최근에 한 친선경기에서 우리 팀이 큰 점수 차이로 졌다. 각 10분씩 총 여섯 경기를 진행했는데, 경기 중반까지 한 골도 터지지 않고 계속 먹혔다. 역력한 패배의 기운에 팀의 텐션도 한껏 낮아진 상황. 그때 입술이 새파래질 때까지 필드 안을 종횡무진 누비다가 이제 막 교체되어 벤치에서 쉬고 있던 한 친구가 옆자리에 앉은 다른 친구에게 무언가를 제안했다. 마주 선 둘은 다음 문장을 힘주어 외치며 한 글자 한 글자마다 손뼉을 마주쳤다.

"나.는.내.가.정.말.좋.아!"

그 외침은 지금도 내 머릿속에 크게 각인되어 있다. 드리운 패배 앞에서도 발랄함을 잃지 않는 자세가, 지든 말든 나는 여전히 내가 좋다는 담대함이 '우리는 비록 이기지 못했지만 순순히 상대가 원하는 모습대로 져 주지는 않겠다'는 선언으로 보였다.

그간 경쟁을 '이기는 것'과 '지는 것'만 있는 세계라고 상상했다. 이기면 승리자, 지면 패배자. 하지만 그 사이에는 촘촘하게 많은 스펙트럼이 존재한다. "끝날 때까지 끝난 게 아니다."라는 말처럼, 지금의 승패가 모든 것을 증명하지 않는다. 또 어떤 경쟁은 이기고 지는 것 자체에 별 의미가 없다. 심지어 지금 지는 게 다음을 위한 전화위복의 순간이 되기도 한다. 그러니 결과보다는 과정과 내용을 곱씹어야 하고, 그러려면 되도록 잘 져야 한다.

이제는 이 운동이 겨우 체력 단련 수단으로만 삼기에는 너무 아까운 운동임을 안다. 축구는 '멋지게 이기는 법'뿐 아니라 '안전하게 지는 법'마저 알려 주는 스포츠다. 사회에서는 물러서는 순간 나를 한껏 크게 물어 아예 필드 밖으로 나가떨어지게 만드는 상황과 사람들이 분명 존재한다. 반면에 운동장에서는 내가 나 자신을 잃지 않는다면, 오늘은 져도 괜찮다. 이기면 좋지만 지면 또 어때. 우리는 이렇게 즐겁고, 나는 여전히 나를 사랑하는데. 그러니 그 어떤 패배도 나에게 타격을 줄 수 없다. 내 친구들은 그 사실을 알고 있었던 게 아닐까. 나도 이들처럼 짙은 패색 앞에 주눅은커녕 "나는 내가 정말 좋아!" 외치는 기백 넘치는 사람이고 싶다.

○

조금씩
구멍을 메우는 시간

사회생활에서 중요한 것이 쓸모없어질 때

친절과 예의는 사회생활에 필수 덕목으로 여겨진다. 세상이 내게 바라는 그 미덕들을 최대한 열심히 지켜 왔다. 낯선 이에게 친절을 담은 미소를 건네고, 몸을 아래로 낮추고, 합장한 채 고개를 숙이며 "미안합니다.", "시정하겠습니다."라는 말에 최대한 진심을 담는 것은 기본이다. 조금만 실수해도, 심지어 내 잘못이나 고의가 아니어도 일단 사과해야 마음이 편했다. 혹시 상대가 불편해하거나 기분 나쁠 만한 상황을 미연에 방지하기 위해 치는 연막이다.

이 태도가 삶에서 마이너스로 작용한 적은 드물었다. 일반적으로 친절한 이에게는 함부로 굴지 않기 때문이다. 무해해보이는 얼굴로 죄송함을 말하는 이에게 날 선 감정을 드러내 스스로 얕은 인성을 증명하려는 이가 몇이나 되겠나.

문제는 옹송그리는 태도가 축구에서는 오히려 방해된다는 사실이다. 초보인 나 같은 이는 실수를 사과하느라 하루해가 다 간다. 패스 미스로 빌드업을 시작부터 망치고, 느린 패스로 역습당할 빌미를 제공하고, 굼뜬 동작으로 우리 팀 공격의 흐름을 끊어 버리는 나는 말 그대로 팀의 구멍이었다.

미안해무새의 사과 멈추기 대작전

나 때문에 생기는 결함들을 지켜보기가 힘들고, 함께하는 이들에게 민망해 입에 "미안해"를 달고 다녔다. 언젠가 바우는 내게 "저 언니는 내가 뭐라 하려고 쳐다보면 이미 고개 숙이고 민망한 미소 짓고 있어서 화를 못 내겠다? 너무 예의가 발라서 탈이야."라고 했는데, 살면서 처음으로 '예의 바르다'가 칭찬이 아니게 들렸다. 왜 누구도 뭐라고 하지 않음에도 나는 스스로를 '미안해야만 하는 사람'으로 만드는가.

한번은 경기 중에 내 패스 미스로 공을 라인 밖으로 내보냈다. "악! 미안!" 소리치며 두 손 모아 사과하는 나를 뒤에서 지켜보던 골키퍼가 큰소리로 한마디 했다.

"지은 언니! 미안해할 시간에 한 발 더 뛰세요!"

상대는 수없이 우리 골문을 두드리고, 우리는 공 걷어 내느라 정신없는데 사과할 시간 아껴서 조금이라도 더 많이 몸을 놀리라는 주문이었다. 그러게. 치열한 싸움터 한가운데에서 두 손 모아가며 "미안해"를 건넬 시간이 어디 있나.

방금 한 실수가 문제라면 빨리 달려가 만회하면 된다. 결자해지結者解之. 문제를 유발한 사람이 풀어야 하는 것이다. 못 풀면 뭐, 하는 수 없고. 축구든 풋살이든 혼자 하는 게 아니니 옆자리 친구가 대신 메꿔 주겠지. 아니면 빌드업부터 다시 시작하거나.

미안해하지 말라는 건 인간에 대한 예의를 밥 말아먹은 듯이 마음 가는 대로 행동하라는 뜻이 아니다(배려 없는 플레이로 파울을 만들었다면 분명 정중하게 사과해야 한다. 우리는 스포츠를 하는 거지, 패싸움하는 게 아니니까). 이는 좀 더 스스로의 실수에 관대해지고 의연하라는 의미다. 인간은 시행착오로 성장하는 동물이기 때문이다. 아기는 혼자 걸어 보려다가 넘어졌다고 해서 양육자에게 사과하지 않는다. 한번 빽 울고 난 다음에 여력이 될 때 다시 시도할 뿐이다. 그렇게 수백,

수천 번 넘어진 끝에 그 어떤 지지대 없이 두 발로 우뚝 설 수 있게 되는 것이다.

그날 이후 나는 '미안해 버리기 연습'에 돌입했다. 그러려면 자신감 회복이 우선이었다. 훈련 시간만 되면 잔뜩 어깨를 움츠리던 나는 이때부터 깊은 심호흡과 함께 "할 수 있다"를 열 번씩 복창한 후에 필드에 들어섰다. 또 연습하는 두 시간 동안 '미안'을 세 번 이상 입에 올리지 않겠다고 정해 놓았다.

그러다 보니 처음에는 훈련 시작 10분도 안 되어 '미안해' 카드를 다 써 버리는 바람에 나중에는 실수해 놓고도 건넬 말이 없어서 양손으로 입을 막은 채 "으, 으으…"라고 중얼거렸다. 바우가 나를 봤다면 "저 언니 또 왜 저래" 했을 텐데 다행히 눈치를 못 챘던 것 같다.

숨지 않기, 겁내지 않기, 받아들이기

물론 한번 습관으로 굳어 버린 버릇은 쉽게 고쳐지지 않는다. 여전히 "미안"이 입안에서 맴돌고, 지금도 종종 친구들을 향해 고개를 숙이고 두 손 모아 합장한다. 달라진 게 있다면 더는 미안하다는 말 뒤로 숨지 않는다는 점이다.

나는 막 걸음마를 뗀 초보이고, 지금은 수많은 실수를 겪는 시간이다. 이런 상황에서 '미안해'만 연이어 남발하다가 실수할 기회들을 차츰 놓치면 되겠는가. 자꾸만 넘어지고, 빨리 잊고, 몸을 놀려 다시 만회하는 그 '우당탕탕 시간'을 온몸으로 겪어야 다음 단계로 돌입할 텐데.

　그러니 더 많이 실수하고, 자꾸만 바닥을 뒹굴고, 발을 헛디디면서도 조금씩 나아가기로 했다. 구멍인 스스로에게 좌절할 게 아니라 큰 구멍을 천천히 메꿀 것이다. 조금씩 두 발로 서는 게 익숙해지고 이내 걷고 마침내 달리는 나를 기대하며 말이다. 이제 미안함을 버리고, 그 자리를 호기로움으로 채울 시간이다.

○

MBTI 상극인 후배와
축구하다 생긴 일

"너 T야?"에 움찔하는 사람

요즘 유행하는 MBTI로 나를 정의하자면 ESTJ다. 외향적
이고 현실적이며 결과를 중시하는 계획적인 유형. 앞만 보고
달리는 데다가 무뚝뚝해서 후배들과 스킨십이 거의 없는 편이
다. 밥 먹자고 먼저 묻지 않는 이상 내가 연락하거나 약속을 제
안할 줄도 모르고, 고민을 상담하는 후배의 말을 들어 주기보
다는 잘잘못을 따지거나 해결책만 건조하게 내밀기 일쑤다.

반려묘 꿍이의 잇몸에 문제가 생겨 마취 후 검사를 해야
한다는 후배 꿍언니의 걱정에도 비슷하게 반응했다.

"마취하는 김에 스케일링도 해요. 전반적인 건강검진 싹

시켜 달라고 해요. 기껏 마취했는데 아깝잖아."

꿍이의 첫 전신마취에 어깨에 잔뜩 긴장이 내려앉았던 꿍 언니는 놀라 토끼눈을 뜨더니 나더러 "내가 아는 인간 중에 가 장 효율을 따지는 사람"이라는 평을 내렸다.

쓸모와 효율을 따지는 내게 친동생이 실소를 보인 적도 있 다. 동생 친구의 장인어른이 빙판길에 미끄러져 넘어지는 바 람에 고관절이 부러졌다고, 동생 친구는 힘들어하는 장인어른 이 걱정되어 일주일에 한 번씩 병문안에 간다고 했다. 그 말을 듣자마자 물었다.

"가서 뭐 하는데? 할 수 있는 게 없잖아. 사위 얼굴 본다고 고관절이 빨리 붙는 것도 아닌데."

그때 나를 바라보던 동생의 경멸 가득한 눈빛을 잊지 못 한다. 난 진짜 궁금해서 물어본 건데, 너무 건조하게 들렸나 보 다. 가끔 유튜브나 방송에서 극단적으로 매정한 사람들에게 "너 T발 C야?"라고 묻는 걸 볼 때마다 움찔거린다. 나한테 하 는 말 같아서.

한번은 전 직장 후배에게서 문자가 하나 왔다.

"선배와 함께 일하던 시간이 그리워요."

그 하소연에 그저 시답잖은 조언과 함께 기획 관련 링크만 하나 보냈다. 그랬더니 "제 한탄에 실질적인 도움을 즉각 보내

다니 너무 선배답네요."라는 대답이 돌아왔다. 아마 그 친구는 위로나 응원을 바랐던 게 아닌가 싶다. 문제를 받아 들면 빠르게 해결할 방법부터 찾는 성향인 내 딴에는 최선의 방안을 보냈던 것이고.

내게도 나름의 이유는 있었다. 아무리 서로 좋은 관계였다고 해도 이미 그 시간은 지나갔고, 과거는 과거일 뿐 다시 그때로 돌아갈 일은 요원하니까. 그의 고민을 최소화시킬 만한 조언이 내가 할 수 있는 최선의 위로였던 것이다. 물론 그 친구에게 그 마음이 전해졌는지는 잘 모르겠다.

'순리대로 하라'는 말의 의미

이런 강퍅한 나인데도 따르는 후배들이 몇 있다. 세봉은 그 가운데에서도 첫째가는 친구다. 얼마나 나를 따르냐 하면 내가 좋아서, 나와 함께하고 싶어서 축구를 시작했을 정도다. 점심을 나누며 요즘 축구에 빠졌다고 한껏 떠들어 대는 나를 쫓아 구장까지 왔다. 덕분에 직장을 옮겨서도 주말마다 시간을 공유하는 사이가 되었다.

언젠가 세봉이 내게 MBTI를 물었다.

"선배의 MBTI 모든 알파벳이 저와 정반대인 거 아세요?"

INFP. 신중하고 직관적이며 감정이 풍부하고 융통성이 있는 타입. 사수와 부사수 관계였던 우리는 회사 안에서 곧잘 맞았다. 건조하게 팩트만 건네는 나를 그는 잘 견뎌 주었고, 쉽게 감정이 올라갔다가 가라앉는 그를 나는 곧잘 진정시켰다. 일희일비하는 그에게 늘 "순리대로 하세요."라고 말을 건네곤 했고, 그러면 세봉의 마음은 금세 잦아들었다.

문제는 운동장에만 서면 내 돌파력이 극대화된다는 것이다. 처음으로 2 대 2 미니 게임을 함께하던 날, 세봉과 내가 한 팀이 되었다. 10분짜리 경기에 믿을 건 둘밖에 없는 상황에서 세봉은 5분 만에 "악! 힘들어. 더는 못 뛰겠어요."라며 고장 난 로봇처럼 그 자리에 멈춰 버렸다. 나는 "이따가 쉬어요. 5분 뒤에 쉬면 되잖아."라며 주저앉으려는 그를 일으켜 세웠고, 결국 10분을 오롯이 뛰게 만들었다.

시합이 끝나고 세봉은 서운함이 잔뜩 묻은 얼굴로 내게 "왜 선배는 회사에서는 '순리대로 하라'고 하면서 경기장에서는 '이따 쉬어. 5분 뒤에 쉬어.'라며 다그쳐요?"라고 항변했다. 그의 입장에서는 내가 한 입으로 두말하는 사람처럼 보였던 것이다. 그의 하소연이 당황스러워 나도 모르게 그에게 이렇게 물었다.

"응? 그게 왜. 다리 다친 거 아니잖아. 쥐 난 거 아니잖아."

내 기준에 '순리대로 하라'와 '5분 뒤에 쉬라'는 다른 말이 아니다. '순리대로 하라'는 스스로 컨트롤할 수 없는 것에 속상해하지 말라는 의미다.

같은 강물에는 두 번 몸 담글 수 없다

신입이 아무리 시간과 노력을 쌓아도 이미 수년, 수십 년 이 일을 해 온 선배들을 따라잡을 수 없다. 그렇다면 그냥 그 구멍들을 인정하고 나름의 최선을 다하는 것이다. 이는 '역시 난 안 돼.'라며 자포자기하라는 의미가 아니다. 주어진 조건에 따라 노력했다면 프로젝트가 끝난 이후의 결과는 겸허하게 받아들이라는 뜻에 가깝다.

열심히 했는데 안 되는 걸 어쩌겠는가. 그렇게 시행착오를 하나둘 쌓아 올리다 보면 이내 만족할 만한 결과를 받게 될 것이다. 그러니 '순리'에는 '최선의 노력'이라는 전제가 깔려 있다.

고대 그리스 철학자 헤라클레이토스는 "같은 강물에 두 번 몸 담글 수 없다"는 유명한 말을 남겼다. 강물은 끊임없이 흐르기에, 한번 닿은 물은 이미 저만치 흘러가 버린다. 나 또한 1초 전에 발을 담근 나와 지금의 내가 다르다. 그러니 하나하나의 경험은 모두 처음이고, 다시 올 수 없는 시간을 소중히 여겨야 만 한다.

경기도 마찬가지다. 몇 분만 지나면 결과를 무를 수 없어 지고, 전광판 점수를 오롯이 받아들여야 한다. 그 무엇도 끝나 지 않은 상황인데 중도에 멈추어 버리면 이후 돌아오는 결과 를 받아들일 수 있을까? 그렇지 않다. 스스로 납득할 때까지 노력해야 한다. 그래서 굳이 '이따 쉬라'며 후배의 등을 떠밀었 던 것이다.

지금으로서는 세봉과 내가 다시 전처럼 회사 생활을 함께 할 가능성은 미미하다. 적어도 그때처럼 그의 모든 것을 하나 하나 디렉팅해 주는 사이로 돌아갈 수는 없을 것이다. 그럼에 도 선배로서 세봉에게 조언해 줄 기회가 다시 생긴다면, "순리 대로 하라"는 말을 돌려줄 것 같다. 그 말 앞에 '최선을 다하되' 라는 전제를 포함시켜서 말이다.

등 토닥이기는커녕 쓰러진 후배 팔을 잡아끌고 '이따 쉬 라'고 말하는 선배라서 미안하다. 어쩌겠는가, 이것이 ESTJ가 건네는 최선의 다정인 것을.

체중계 앞자리 4인 여자가
'벌크업' 하려는 이유

'마른 여자'가 되고 싶어 밥을 거부하던 날들

내가 세상으로 나왔을 때의 몸무게는 3.8킬로그램이었다. 일반적으로 신생아 몸무게가 2킬로그램 후반에서 3킬로그램 초반이라고 하니, 이 정도면 우량아 축에 속한다. 엄마는 자연분만이 산모의 건강에 위협이 될 수 있다는 주치의의 권고에 따라 제왕절개 수술을 했다.

첫아이를 품에 안은 엄마는 내심 기대가 컸다. 아빠도 엄마도 키가 작지만 다행히 너만은 우리 유전자를 닮지 않았구나. 엄마는 큰 몸으로 태어난 아기에게 걸맞은 큰 물건들을 집에 잔뜩 들여놓았다.

이런 마음을 아는지 모르는지, 나는 지독히도 밥을 먹지 않았단다. 아무리 맛있는 음식을 가져다줘도 입을 꾹 닫았다. 음식에 시큰둥한 딸을 먹이기 위해 엄마는 온갖 산해진미를 공수하느라 진을 뺐다고 한다. 지금도 그 이야기를 할 때면 '내가 얼마나 힘들었는지 아느냐'며 혀를 내두를 정도다.

청소년기에라도 잘 먹었다면 키가 컸을까. 그때는 또 사춘기가 와서, 무조건 마르고 싶었다. 중학교 시절에 교사가 책상 위에 무릎 꿇고 앉는 벌을 세운 적이 있다. 그때 무심코 내 허벅지를 내려다봤는데 세상에, 너무나도 두꺼운 것이다. 누가 볼까 싶어 허벅지를 살짝 공중에 띄우고 버텼다. 그냥 무릎 꿇기도 힘든데, 기마 자세로 있다 보니 온몸이 쉴 새 없이 떨렸다.

그 교사는 부들부들 떠는 나를 의아한 눈으로 쳐다보더니 (시킨 것보다 더한 벌을 수행하는 학생이라니) 한마디 건네려다가 "끙" 소리 한 번 낸 뒤에 그냥 지나쳤다. 아마 나는 스스로에게 가혹해지더라도 허벅지 두께만큼은 들키고 싶지 않았던 것 같다.

누군가 어린 시절의 나에게 "너는 장차 축구에 눈이 돌아서 일주일에 여덟 번씩 필드에서 공을 차는 아이로 거듭날 거야. 피지컬을 키우려면 당장 밥을 입안에 욱여넣도록 해."라고 미래를 속삭여 줬다면 얼마나 좋았을까. 퍼뜩 정신을 차리고 아무 음식이나 입에 한가득 집어넣었을지도 모르는데.

그라운드를 나로 채우고 싶다

결국 타고난 복을 제 발로 찬 나는 평균보다 작은 키와 몸집을 가지고 지금까지 살아가고 있다. 157센티미터에 체중계 숫자는 45에서 50 사이. 앞자리가 4에서 벗어난 적이 드물다. 팀 친구들과 나란히 서 있으면 내가 유달리 작고 왜소해서 내심 주눅이 든다. 필드 위에서 몸싸움 한번 할라치면, 부딪히자마자 "꺅" 소리를 내며 저 멀리 나가떨어지는 나를 발견하게 된다. 그런 나를 본 소라는 "누가 여기에 병아리 한 마리 풀어놨냐."라며 웃었다.

페널티킥(페널티 지역 안에서 수비 측이 직접 프리킥에 해당하는 반칙을 했을 때 공격 측이 얻는 킥)을 막느라 수비벽을 세우는 상황이면 나 혼자 머리 하나쯤 아래로 내려와 있어서 민망하다. 아마 공격수는 '어머, 여기 웬 구멍이 하나 있네.'라며 내 머리 위를 노리겠지? 자존심 상한다.

언젠가 팀 회식 자리에서 단백질 가득한 고기 안주는 안

먹고 탄수화물 덩어리인 새우칩 과자만 세 접시째 축내고 있
는 나를 바우가 가만히 바라보더니 한마디 했다.

"언니, 벌크업 시켜 줄까요?"

도전 정신으로 가득한 눈빛. 과거에 나와 몸집이 비슷한
친구를 벌크업(근육량을 증가시켜서 몸의 덩치를 키우는 작
업)에 성공시킨 바 있다는 그의 목소리에는 자신감이 가득했
다. 그 말에 반색을 하며 "해 줘! 나 벌크업 하고 싶어!"라고 소
리쳤다.

"일단 규칙적인 습관부터 버리세요. 매일 같은 시간에 밥
먹고, 잠자고, 간식은 하나도 안 먹잖아. 언니는 일곱 시 이후
에 아무것도 안 먹는다면서요. 그러면 절대 벌크업 못 해요."

바우는 배달 앱을 한 번도 써 보지 않았다는 나의 고백에
소스라쳤는데 나로서는 그 소스라침이 오히려 의아하다. 배달
앱으로는 보통 야식을 시킬 텐데, 그렇게 먹고 자면 속이 부대
끼지 않나. 그 부대낌을 이겨 내야 피지컬이 좋아져 축구를 잘
할 수 있다니. 축구왕의 길은 도대체 왜 이토록 닿기 어려운 걸
까.

"아, 알았어. 일단 살을 찌워야 한다는 거지? 열심히 해 볼
게."

나를 사랑하는 법

이후로는 밥을 먹을 때마다 바우의 말을 생각했다. 숟가락을 내려놓으려다가도 한 입이라도 더 먹고, 어떻게든 남기지 않으려 애쓴다. 이왕 결심했으니 제대로 해 볼까 싶어 식단 관리도 시작했다. 하루 2,000킬로칼로리를 섭취하는 게 목표다. 남들은 '그걸로 무슨 벌크업이냐' 할지 모르겠지만, 하루 1,500 킬로칼로리 내외를 먹던 내게는 밥을 한 끼 더 먹는 수준이다.

식단을 '관리'에 걸맞게 챙기다 보니 매번 대충 끼니를 때우던 내 식습관이 눈에 들어온다. 밥상에 야채도, 고기도 없다. 공깃밥 한 공기를 미처 다 비우지 못하고, 라면이나 빵으로 끼니를 때운다. 바우 앞에서도 새우칩만 죽어라 리필하지 않았나. 어떻게 이렇게 영양가 없게 먹어 왔을까. 내 식단을 보니 알겠더라, 나는 스스로를 그다지 소중히 여기지 않는 사람이라는 사실을.

대충 끼니를 때우고 허벅지와 몸집을 줄이려 노력했던 것은 삶에서 내 영역을 최소화하려는 노력 아니었을까. 1인분의 몫을 지키려 노력하는 대신 남에게 나누어 주고 나는 그저 허기만 채우면 족했던 게 아닐까. '아무 때나 계속 먹어라, 많이 먹어라'던 바우의 충고가 지금은 '언제든지 계속 너를 소중히

대해라, 많이 아껴라'로 들린다. 나는 이제 나를 아끼기 위해 밥을 차려 먹는다.

흔히 축구를 땅따먹기 싸움이라고 말한다. 내 영역을 지키고 남의 영역을 가져오는 게임. 이를 잘하려면 일단 내 몫을 잘 챙길 줄 알아야 한다. 내 몫이 있어야 남의 몫도 넘볼 수 있지 않겠나. 얼른 벌크업 해서 그라운드를 나로 가득 채우고 싶다. 자꾸만 작아지고 싶던 내가 이제는 마음껏 커지고 싶다.

팀과 사람과 사랑

○

나보다 더 나를
응원하는 사람들

수비가 편하세요, 공격이 나으세요?

우리 엄마는 여자는 하얗고 고와야 한다는 이유로 어린 나를 흰 우유와 인삼을 달여 식힌 물로만 목욕시켰다고 한다. 그렇게 애지중지 키운 아이가 '태권도를 배우고 싶다'고 했을 때 엄마는 단호하게 "여자애가 무슨… 다쳐서 안 돼."라고 거절했다.

결국 나는 성인이 된 지금까지 도복을 한 번도 입어 보지 못했다. 반면에 여린 성향인 동생은 성별이 남성이라는 이유로 가고 싶지도 않던 태권도 학원을 울면서 다녔고. 내 나이대에는 다들 비슷한 경험을 하지 않았을까. 여성은 부딪힘과 깨

짐을 피하라고 배우고, 남성은 나아가 타격하라고 배우는 경험.

피하는 성향이 몸에 익은 탓인지 "수비가 편하세요, 공격이 나으세요?"라는 질문 앞에서 "제가 수비 서면 안 될까요?"라고 반응하기 일쑤였다. 아마도 '공격'이라는 단어가 주는 부담감 때문일 것이다. 칠 공攻 자에 부딪칠 격擊 자로 구성된 공격攻擊의 첫 번째 사전적 의미는 "나아가 적을 침"이다. 나아가는 것도 어려운데 심지어 타격까지 주어야 한다.

'수비守備'는 지킬 수守 자에 갖출 비備 자를 쓴다. 사전적 정의는 "외부의 침략이나 공격을 막아 지킴"이다. 되도록 현재 상태를 유지하고자 하는, 수세적인 움직임이다. 아무래도 이제 막 걸음마를 뗀 이에게는 무언가를 이루기보다는 잃지 않는 편이 수월해 보인다.

호기로운 반대편 수비를 뚫고 멋지게 슛을 성공시킬 자신이 없다. 공격이 골을 못 넣으면 무슨 소용인가? 0점으로는 아무리 용을 써도 상대를 이길 수 없는데. 심지어 세계 제일의 공격수인 손흥민도 월드컵 조별예선 경기에서 졌을 때 "골 못 넣으면 공격수 책임. 국민들께 죄송하다."라며 사과하던데.

골 못 넣는 공격수가 공격해도 되나요?

문제는 팀 코치인 큰빛 코치님의 판단은 내 생각과 전혀 다르다는 점이었다. 언젠가 코치님과 독대를 한 적이 있다. 이제부터 나를 공격수로 주로 세우겠다는 그에게 물었다.

"한 골도 못 넣는데 공격수로 서는 게 의미 있나요?"

"왜 골을 넣어야 한다고 생각해요? 상대를 흔들어서 내 편이 넣게끔 돕는 것도 공격수의 역할이에요. 게다가 풋살은 골레이로(축구의 골키퍼) 빼면 네 명이라, 수비도 공격하고 공격도 수비해야 합니다. 요즘에는 축구에서도 수비가 공격하고 공격이 수비하고 그래요."

그는 준비해 왔다는 듯이 내 장점을 줄줄 읊었다. 팀에서 체력이 제일 좋고, 전방에서 쉼 없이 움직이며 상대 수비들을 흔들 줄 안다고, 본인이 상대편이라고 생각해 보라고, 계속 왔다 갔다 하는 공격수 상대하기가 얼마나 어렵겠냐고. 그러니 너는 공격을 해야 한다고. 그는 말미에 이런 말을 덧붙였다.

"요즘 긍정적으로 보고 있어요. 앞으로 많이 쓸 겁니다. 이번 대회에 많이 뛸 테니까 그렇게 아세요."

걱정과 기대에 심장이 두방망이질 치기 시작했다. 그런 말 처음 들어 봐. 나를 '쓴다'고? 어떻게 쓰는 걸까? 쓴다는 건 대체 무슨 의미일까? 권위자인 '코치'가 나를 쓴다고 하니 정말 쓸 만한 인간이 된 기분이 들었다.

내게 기대하는 사람이 생기니 마음가짐도 달라졌다. 전에는 '친구들에게 방해꾼이 되고 싶지 않다'는 마음으로 뛰었다면 이제는 '큰빛 코치님 기대에 실망을 주고 싶지 않다'는 마음이 더해졌다. 대회까지 한 달 남짓. 그 안에 어떻게든 나아지고 싶었다.

'벌크업 하고 싶다'는 바람도 이 시기에 자라났다. 결심한다고 해서 지금 당장 단단한 몸을 가질 수는 없겠지만, 주어진 역할에 걸맞고 싶었기 때문이다. 그렇게 차근차근 내 몫을 준비해 나갔다.

익룡 같은 울음소리

대회 날이 밝았다. 오후 세 시부터 일곱 시까지, 결승까지 올라간다면 15분씩 총 일곱 경기를 뛰어야 하는 강행군이었다. 우리 팀은 다른 팀들보다 인원이 많은 편이었지만 체력적으로 힘들기는 매한가지였다. 필드도 국제 규격인 가로 20미터, 세로 40미터였다. 지금껏 친선경기를 치렀던 다른 장소들보다 훨씬 더 넓었다.

일전에 친선경기에서 코치님은 나를 공격에 10분, 수비에 5분을 세웠는데, 이번 대회에서는 15분 내내 공격, 공격만 시켰다. 아무리 상대를 흔드는 역할이라 해도 골을 넣어야 이길 텐데…. 별로 이길 생각이 없으신가? 그때 골키퍼를 담당하던 바우가 다가와 조용히 말을 걸었다.

"언니, 내가 밀어줄 테니까 무조건 상대 진영으로 뛰어요."

에이스의 말을 믿어 보기로 했다. 공이 눈앞에 보여도 달리고 내게 없어도 달리고, 그냥 빈 공간을 향해 마구 뛰었다. 그랬더니 정말 공이 딱 내 앞으로 떨어지는 게 아닌가. 키퍼인 바우 위치에서 시작된 공이 큰 포물선을 그리며 필드를 갈랐고, 최전방에 있던 나에게까지 닿았다.

발아래에 놓인 공을 보자마자 골대를 향해 질주했다. 키퍼의 두세 걸음 앞에서 반 박자 빠르게 때린 공은 상대 골키퍼의 왼쪽 다리를 스치며 그대로 골대로 빨려 들어갔다. 골이다! 데뷔 골이다! 나는 두 손을 번쩍 들었고, 함께 뛰던 친구들이 내게 달려들었다. 우리는 함께 얼싸안고 강강수월래를 췄다. 밖에 있던 친구들의 함성도 들렸다.

"으아아아아악! 이지은! 이지은!"

우리 팀은 이날 일곱 경기 동안 총 여덟 골을 기록했다. 나중에 경기 영상을 봤는데, 내 골 장면 때 친구들의 함성 데시벨이 가장 컸다. 그건 사람이 아닌 익룡의 울부짖음 같았다. 경기가 끝나자마자 다가온 바우는 "언니, 그거 봐요. 내가 밀어준다고 했죠!"라며 나보다 더 신나 했다. 경기 내내 구분 없이 뛰어다닌 탓에 기운을 소진하고 멍해진 나를 가만히 내려다보던 큰빛 코치님은 이렇게 중얼거렸다.

"와…. 이런 날이 오다니."

덕분에 알았다. 코치님도 친구들도 나만큼이나 나의 성장을 기다리고 있었구나. 부족한 실력으로 늦게 합류한 팀에 적응하기 위해 혼자 고군분투하는 나만 보였는데, 이런 나를 조용히 지켜보며 응원하고 있었구나. 살면서 이토록 나를 믿고 기다려 주는 이를 몇이나 만날까. 익룡의 울음 같은 응원을 받는 순간이 얼마나 될까. 오늘도 느꼈다. 나, 축구하길 정말 잘했다.

팀플레이의
진짜 의미

공만 따라다니는 사람

축구 초보들은 시합에서 어떤 피드백을 가장 많이 들을까. 내 경우에는 "침착하게, 잡아 놓고 침착하게!"와 "공 쫓아가지 말고!", "숨지 말고, 도망가지 말고!"가 제일 많았던 것 같다. 그러니까 나는 경기장에서 대체로 혼자 급박하고, 쫓기느라 바쁘며, 내 몫을 해야 한다는 강박에 전전긍긍하고, 어느 위치에 서야 좋을지 몰라 안절부절못하는 중인가 보다.

침착하지 못하고 급박한 이유는 시야가 눈 가린 경주마 수준으로 좁기 때문이다. 고개를 들어 주변을 살필 여유 따위는 없다. 그저 앞만 보고 달릴 뿐이다. 덕분에 "공 말고 사람을 쫓아야 한다(지은 언니! ○○번 마킹!)"는 말을 귀에 피가 날 정도로 들었다. 물론 충고를 새긴다고 해서 내 마음대로 몸이 움직이지는 않는다.

큰빛 코치님한테 혼이 날 때마다 귀담아듣고 있다는 의미로 오른손 엄지와 검지를 동그랗게 모아 오케이 사인을 보내지만 휘슬이 울리면 홀린 듯이 공만 쫓는다. 눈앞에 굴러가는 공만 마주하면 아무것도 안 들리고 그 공만 커다랗게 클로즈업되니 참 신기할 노릇이다. 이러다가 공 따라 지옥까지 쫓아가겠어. 피리 부는 사나이가 어떻게 그렇게 아이들을 끌고 돌아다녔는지 알 것만 같다.

'제가 할게요'의 배신

왜 나는 모든 공에 덤비는가. 곰곰이 생각해 봤는데, 내게는 '팀플레이'가 낯설기 때문 아닌가 싶다. 회사 내에서 상상했던 팀플레이는 이런 것이었다. 최고의 실력자들이 모여 최선을 다하면 그 모든 조각이 모였을 때 엄청난 시너지를 일으키는 것. 이를 위해 매번 내 몫을 다했다.

상사가 "이거 맡아서 해 볼 사람" 하고 물어보면, 누구도 맡고 싶지 않아 하는 일이라도 "제가 하겠습니다."라고 말해 버렸다. 동료가 버거워하는 일은 손발 걷고 나서서 도와주고, 누군가 내게 일을 미루고 싶어 하면 기꺼이 눈감아 주며 대신 처리해 주었다. 나 하나의 노력과 희생이 결국 팀 모두를 살리는 일이라 생각하던 시간이 있었다.

그렇게 웬만한 업무를 도맡아 했더니 업무적으로 유의미한 성장을 이루었고, 내 안의 인정 욕구도 어느 정도 채워졌다. 동료들에게는 '함께 일하고 싶은 동료'라는 인상을 심어 주었고, 상사로부터는 '없어선 안 되는 팀원'이라는 평가를 받았다. 실제로 상대평가를 매기는 인사고과 시스템 아래서 일할 때 한 번도 하위권에 위치한 적이 없다.

그렇지만 인정도 한두 번이지. 팀을 위해 희생하겠다는 마음은 점차 '왜 나만 이렇게 해야 하지?'라는 의문으로 변하고 만다. '제가 할게요.'라는 문장을 몇 번 반복하다 보면, 어느 순간부터 누구의 일도 아닌 것들이 전부 내 몫으로 남는다. 상대는 자꾸 '누군가 알아서 하겠지.'라고 생각하며 손을 놓아 버린다. 내가 최선을 다하면 그에 대한 응답이 돌아올 줄 알았는데 웬걸, 내 몫만 점점 더 커져 갔다. 그때 깨달았다. 회사에서는 팀플레이를 기대하면 안 되는 거구나. 나는 바라지 않아야 할 것을 바랐고, 그래서 혼자 고군분투하다가 억울해졌고, 결국

외로워졌다.

팀을 위해 희생하겠다던 마음이 억울함으로 변하는 순간, 이후에는 동료의 작은 배려와 솔선수범 앞에서도 '왜 저거밖에 안 해. 지난번에 나는 그보다 몇 배는 더 했는데.'라며 나도 모르게 평가하는 위치에 서게 된다. 그렇게 팀워크는 무너진다.

나를 위해 달려오는 사람들

축구를 운동 삼기로 결심한 까닭은 사회생활에서는 좀처럼 느끼지 못한 그 '팀워크'를 나도 한번 경험해 보고 싶다는 마음 때문이었다. 내가 잘하든 못하든 애써 보듬어 주는 우리 팀 친구들을 만났을 때, "모든 공을 언니가 다 막을 필요 없어요!"라는 말을 들었을 때(사실 타박하는 말이었지만) 내심 안도했다.

일할 때는 '내가 모든 사항을 통제해야 한다'는 의무감이 강했는데, 축구를 하면서는 '혼자 다 안 막아도 되는구나, 모든 걸 잘하지 않아도 괜찮구나.'라는 생각에 안도했다. 물론 뛰어난 기량으로 상대 수비를 제치거나 완벽한 방어로 맞은편 공격수를 무력화시켜야 할 때도 분명 존재한다.

그러나 여럿이 함께 뛰는 공간에서 혼자 국가대표급 기량을 자랑한다고 해서 상대 팀의 견고한 단합이 쉽사리 무너지지는 않는다. 하물며 나는 그럴 능력조차 없다. 자꾸 혼자 다 하려고 나서기보다는 내 자리를 지키며 내가 못 서는 자리는 다른 친구를 믿고 맡겨야 하는 것이다.

한번은 수비의 기본자세를 설명해 주던 친구 별로가 말을 이었다.

"보통 수비수가 공격을 막아 내는 역할이라 생각하는데요, 아니, 수비의 기본은 지연이에요. 동료가 달려와 도와줄 때까지 시간을 버는 거예요."

그러니까 어설프고 부족한 나라서 완벽하게 상대를 막지 못해도, 조금만 견디다 보면 동료들이 내 빈자리를 채워 주기 위해 달려온다는 이야기다. 그 말이 어찌나 위로가 되던지. 나는 내 자리를 지키며 동료를 기다리고, 또 동료가 위기 상황일 때 그 힘듦을 나누어 지기 위해 기꺼이 달려가 주는 것. 힘껏 버티고 또 버티다 보면 친구들이 내 곁으로 달려와 견고한 성을 쌓아 줄 것이다. 그렇게 우리는 또 우리만의 팀워크로, 우리만의 팀플레이를 만들어 내고야 말겠지.

2002년 월드컵도 마다한
축구인의 월드컵 관전기

축구, 대체 왜 보는 거야?

내게 월드컵은 '다른 세상 이야기'였다. 대한민국 모든 국민이 붉은 티를 입고 거리를 뛰쳐나오던 2002년 월드컵 때조차 축구 경기를 시청하지 않았던 나다. 직접 경험해 본 적 없는 스포츠라서 관심이 없었던 것은 아니다. 그저 사람 많고 시끄럽고 복잡한 것을 힘들어하는 개인 성향이 한몫했다. 낯선 이들과 한자리에서 부대끼며 서로 얼싸안고 소리 지르는 '거리 응원'에 섞일 마음이 없었다.

게다가 관련 지식이 부족하던 내게 축구란 공을 향해 스물두 명이 90분 동안 동분서주하며 달리는 게임으로 보였다. 특히 경기 내내 지켜봤는데 결국 0 대 0으로 끝난다? 그게 그렇게 허무할 수 없었다. 한 골도 터지지 않는다면 90분 동안 쏟아 낸 모든 노력은 다 어떻게 되는 거지? 삶의 중요한 키워드 가운데 하나를 '효율'로 생각하는 내게 축구는 정말 효율적이지 않은 스포츠 같았다.

마지막으로, 경쟁과 싸움을 힘들어하는 내게 '경기'는 낯설고 어려운 개념이다. 왜 싸워야 하는가? 그리고 왜 꼭 상대를 이겨야 하는가? 그저 우연히 각자의 나라에서 나고 자란 것뿐인데 말이다. 이런 성향인지라 축구할 때도 1 대 1 상황을 마주하면 100퍼센트 진다. 언젠가 큰빛 코치님이 1대 1을 앞둔 내게 소리쳤다.

"웃지 말고! 진지하게!"

난 이런 사람이다. 상대를 이기기 위해 싸우기보다는 대충 사이좋게 지내면서 웃음으로 무마하고 싶은 사람. 이런 내가 월드컵 경기가 열리는 밤이면 숨죽이며 경기를 지켜본다. 이유는 다른 게 아니다. 나도 이제 어엿한 축구인이기 때문이다. 이 재미있는 응원을 왜 2002년엔 마다했을까? 다시 20년 전으로 돌아간다면 얼른 거리로 뛰쳐나가 "대~한민국!"을 외치며 '지금 순간이 내 20년의 자랑이 될 것이다.'라고 뿌듯해할 텐데.

오늘도 익숙한 이름의 선수들을 유심히 들여다본다. 집에

빔 프로젝터도 텔레비전도 없어서, 한국전을 할 때면 동네에 사는 연지 애인 오팀장의 집에 급습해 밤늦은 시간까지 경기를 보다가 새벽에 내 집으로 돌아오곤 했다. 이러다간 2026년 북미에서 월드컵이 열리기 전에 친구 애인이 나를 피해 다른 동네로 이사 가지 않을까 싶다. 미안합니다, 오팀장이여. 2026년에는 우리 집에도 텔레비전을 들일 테니 부디 올해는 나를 견뎌 주세요. 부탁합니다.

숨죽이며 선수들을 지켜보는 밤들

축구를 잘 모를 때는 화려한 골 장면과 이후 코너킥 자리 근처에서 벌어지는 각종 세리머니만 눈에 들어왔다. 그러다 보니 골이 터지지 않으면 90분 내내 지루함을 견뎌야 했다. 하지만 이제는 그 밖에 다른 것들에도 눈을 돌릴 줄 알게 되었다.

전이라면 우리 편 진영에서만 공이 돌아다니는 모습을 보고는 '왜 앞으로 전개를 못 해' 생각했겠지만, 지금은 "저거 우리도 배웠는데. 우리 코치님이 뺏기느니 볼 돌리는 게 낫다고, 백패스 100번도 더 해도 된댔어." 하고 중얼거린다.

축구를 모를 때는 눈으로 공만 보느라 최전방 공격수들의 움직임만 들어왔다. 이제는 다르다. 2022년 포르투갈전에서 나는 수비수인 김문환 선수가 상대 공격수에게서 타이밍을 뺏기지 않기 위해 치는, 십여 초당 수십 번의 잔발만 유심히 지켜봤다. 뒤쪽에 있어 상대적으로 화려한 스포트라이트를 받지 못해도, 골을 넣은 선수가 아니라 덜 주목받는다 해도, 스스로는 최선을 다해 잔발을 쳤기에 결코 후회하지 않겠지.

뭐든 몸으로 겪어 봐야 아는 나는 이제야 축구가 90분 동안 공만 보며 달리는 경기가 아님을 이해하게 되었다. 지금의 경기가 0 대 0으로 끝난다 해도, 이는 '성과 없음'으로 정리될 수 없다. 이것이 무승부로 경기가 끝났을 때 양 팀 모두에게 '승점 1점'을 주는 이유 아닐까.

심지어 '왜 국가끼리 나누어서 싸워야 해.'라고 생각하던 내가 이제는 대한민국 경기를 보며 눈물을 글썽일 줄도 알게 되었다. 모두가 인정하는 울음 대장인 주장 손흥민이 울 때마다 나도 같이 울 것 같은 기분이 든다.

지난 월드컵 때 손흥민은 얼굴 세 군데가 함몰되어 뼈가 실처럼 미세하게만 붙어 있음에도 경기에 나갔다. 얼굴에 마스크를 쓰고 공중 볼 경합을 벌이는 손흥민 선수를 볼 때부터 내 마음은 울렁이곤 했다. 얼마나 답답할까. 제대로 뛰지 못하는 스스로가 얼마나 미울까 싶어서 내가 다 아팠다. 그러니 그가 경기를 마치고 잔디밭에 주저앉아 어린아이처럼 엉엉 울 때마다 나도 같이 울어 버릴 수밖에.

이제는 보인다, 화려함 속 숨은 노력들이

월드컵 등 국가대표 경기에서 지거나 누군가 큰 실수를 하면 많은 사람이 선수들의 SNS에 찾아가 온갖 악플을 남긴다고 한다. 경기가 답답하고 지니까, 팬으로서 속상할 수 있다. 그러나 관중이 아무리 속상하다고 해도 당사자보다 더 속상할까.

나 역시 언젠가 종아리 부상과 골반 부상을 연이어 겪으며 운동을 쉬었는데, 그 누구도 나에게 뭐라 하지 않았지만 나 혼자 나를 혼내느라 분주했다. 왜 나는 내 몸 하나 간수하지 못해 스스로를 상처 입히고, 나아가 팀에 피해를 줄까 싶어서.

2022년 포르투갈전에서 승리를 거뒀을 때 손흥민 선수는 본인의 SNS에 이런 글을 남겼다.

"저희는 포기하지 않았고 여러분들은 우리를 포기하지 않았습니다."

악플을 단 사람들은 이 문장을 보고 뜨끔하지 않았을까. 그들은 쉽게 선수들을 저버리고 노력을 폄하했으니까. 한 경

78

기에서 졌음에도 최선을 다해 다음 경기에서는 결국 승리를 거머쥔 선수들은 태극기에 "중요한 것은 꺾이지 않는 마음"이라고 적었다. 수많은 밈으로 회자되었던 이 문장이 그 많은 좌절과 악플들을 견딘 힘이었을 것이다.

이제는 화려한 골 뒤에 가려진 선수들의 노력만 보인다. 자리를 차지하기 위해 벌어지는 치열한 몸싸움, 턱 끝까지 차오르는 밭은 숨, 수많은 잔발치기로 인해 점점 불타는 종아리와 허벅지, 멍이 들고 피가 나고 발목을 까여도 들것을 마다하고 치열하게 달리고 또 달리는 모습까지.

대회에 나오는 모두가 최선을 다하기에 우리 팀 국가대표 선수가 늘 이길 수는 없다. 지난 월드컵에서는 강력한 우승 후보 브라질과 만나 4 대 1로 대패를 겪었다. 그렇지만 상관없다. 물론 이기면 좋았겠지만, 우리의 마음이 꺾이지 않는다면 져도 무슨 상관인가. 월드컵은 4년마다 돌아오는데. 2002년 월드컵을 관전했던 이들이 20년째 그날의 영광을 곱씹는 것처럼, 오늘의 선수들이 보여 준 최선을 다한 모든 순간은 앞으로 우리에게 20년짜리 자랑거리로 쌓일 텐데.

나는 경기 패배 후 귀국한 대표 팀 선수들이 카메라를 향해 '국민들께 죄송하다'며 고개 숙이지 않았으면 한다. 국민들은 '승리' 하나만을 위해 모든 것을 토해 낸 그들을 결코 포기

하지 않을 테니까. 우리가 서로를 포기하지 않는다면, 그 무엇
도 문제 되지 않는다.

○

운동장을
돌려줘

잃어버린 바지

여자중학교를 졸업했다. 수리산 아래 위치한 학교의 옆길
은 등산로로 이어졌고, 교사들은 우리에게 체벌을 내릴 때마
다 그 등산로를 오르내리게 했다. 내 종아리에 새겨진 또렷한
알은 아마 그때 만들어진 게 아닌가 싶다. 겨울에는 산바람이
유독 차서, 주변 다른 여학교들과 달리 우리 학교만 동복으로
치마가 아닌 바지를 입혔다. 치마는 노는 데 거추장스럽고 자
꾸 찢어져서 되도록 바지를 허용되는 만큼 오래 입었다. 바지
가 편해서, 춘하복이 혼용되는 시기까지 버티고 버티다가 치
마로 갈아입었다.

심하게 활달했던 나는 그 바지를 입고 쉬는 시간을 운동장에서 알차게 썼다. 종이 울리자마자 마음이 맞는 친구들과 운동장으로 달려 나가 각종 게임을 만들어 놀았다. 돌멩이를 던지는 대신 배구공을 굴리고, 기존 사방치기의 열 배 큰 대형 사방치기 놀이를 제일 좋아했다. 또 지나가는 사람 구경하기를 즐겨서, 종일 철봉에 매달려 있었다. 그 덕에 손바닥에 물집이 잡히지 않는 날이 없었다. 그뿐인가. 우리는 그 바지를 입고 학교 뒤 공동묘지 위에 드러누워 도시락을 까먹었고, 산을 돌아다니며 나무 열매를 따 먹었으며, 겨울마다 신발주머니 위에 앉아 썰매를 타고, 쉬는 시간마다 벽에다 대고 말뚝을 박았다(이 글을 바우가 읽는다면 '역시 교련 배운 시대의 언니'라고 놀릴 것만 같다). 비가 오는 날에는 중앙 계단에 쪼그리고 앉아 하늘을 바라보며 "비 왜 안 그치냐. 얼른 그쳐야 운동장에서 노는데" 중얼거리곤 했다. 눈만 뜨면 온갖 창의적인 방법으로 노는 나날이었다. 우리는 그 안에서 자유로웠다.

이 자유가 여자중학교이기에 얻는 특권이라는 사실은 고등학교에 입학하면서 알았다. 운동장은 축구하는 남자애들 차지였고, 여학생에게 허락된 야외 공간은 고작 '벤치' 정도였다. 체육 시간에도 교사는 여자 학생들에게 뛰는 대신 벤치를 권했고, 나와 성별이 같은 학생들 또한 그게 당연하다고 여겼다.

중학교 때처럼 마음껏 놀고 싶어서 친구들에게 내가 개발한 열 배 큰 사방치기 놀이를 시범 보이며 함께하기를 권했는데, 누구도 큰 감흥을 보이지 않았다. 사방치기를 혼자 어떻게 하나. 그래서 그만뒀다. 게다가 그 넓은 운동장에 뛰어다니는 여자아이는 나밖에 없었다. 동성 친구들은 벤치에서 벗어날 생각을 하지 않았다. 나 또한 운동장 구석에서 혼자 우물쭈물하다가 친구들 곁으로 가 앉아 버렸고, 이후로 다시는 그 운동장에 발을 들이지 않았다.

잃어버린 것은 운동장만이 아니었다. 바지도 없어졌다. 내게 허락된 바지는 체육복뿐이었는데, 체육복을 체육 시간이 아닌 다른 시간에 입으면 교사들의 체벌이 내려졌다. 중학교 때는 치마 아래 체육복 바지를 입고 말뚝박기를 자주 했는데, 고등학교에서 같은 복장으로 돌아다녔더니 친구들이 흉측하다고 기겁했다. 이게 왜? 편하고 따뜻한데. 하지만 사춘기를 막 지나고 있던 나는 친구들의 눈빛에 잔뜩 의기소침해져 다시는 그 패션을 고집하지 않았다.

놓친 줄도 모르고 살아가다

이후로는 내가 무엇을 잃은 줄 모르고 남은 학창 시절을 보냈다. 나는 천방지축 망아지처럼 뛰어놀 줄 아는 아이였으나 친구들과 쉬는 시간에 산책하는 것으로 만족해야 했고, 운동장을 마음껏 누려 보았으나 그곳에 발조차 대지 않는 사람으로 컸다. 잃는 건 순식간이었으나 다시 찾을 때까지 수십 년이 걸렸다.

이제 나는 운동장에서 뛰는 사람이다. 점심밥을 입안으로 밀어 넣고 운동장으로 뛰어나가 공을 차던 고등학생 남자애들처럼, 축구만 할 수 있다면 만사 제쳐 놓고 어디든 달려 나간다. 전에는 길을 가다가 공터를 만나면 '여기는 땅이 놀고 있네. 텃밭이라도 하지. 나라면 여기다 상추도 심고…'라고 생각했는데, 지금은 '여기서 연습해도 되겠다. 땅은 좀 울퉁불퉁해도 리프팅할 만한데?'라고 생각한다. 누군가 묻는 '저녁에 뭐 해요?'라는 질문에 '축구해요.'라고 답변할 때 쾌감을 느낀다. 이제 나도 이 한 문장을 말할 수 있게 된 것이다.

'나도 나만의 운동장이 있다.'

놓친 줄도 모르고 살아가던 것들을 하나둘 손에 넣는 요즘이다. 이러니 내가 공을 안 찰 수 있겠냐고.

15년 차 베테랑이 다시 도달한
신입의 세계

욕심 없는 마음이 만들어 낸 소심함

내 어린 시절 기억 속 엄마는 늘 꽃집 안에서 꽃을 들고 있었다. 지금도 종종 그 시절이 자기 생의 황금기라며 "돈 셀 시간조차 없어서 비닐봉지에 대충 그러모아 퇴근하던 날"을 읊조리시곤 한다. 그 돈이 지금은 다 어디로 사라졌는지 모르겠지만.

1980~1990년대만 해도 꽃집 대목은 단연 밸런타인데이와 화이트데이였다. 그날만 오면 대한민국 모든 사람이 동네 꽃집을 방문해 커다란 초콜릿 바구니를 구매했다. 1년 장사의 절반을 차지하던 대목을 놓칠 순 없으니 온 집안 식구가 초콜

릿 바구니를 만들기 위해 총동원되었다. 쉴 새 없이 밀려드는 주문에 정말 고양이 손이라도 빌리고 싶은 심정이었던 엄마는 동생과 나에게 '바구니 끝에 철사 구멍 뚫기', '바구니 양옆에 포장지 엮어 붙이기' 같은 자잘한 단순노동을 할당했다. 꼬맹이들이 하기 싫다고 뻗대고 도망갈까 봐, 바구니 하나 완성할 때마다 용돈을 더해 준다는 말과 함께. 손끝이 야무지고 속도가 빠른 나는 동생보다 거의 두 배 가까이 더 많은 용돈을 받아 내곤 했다. 빠른 스피드로 치고 나가는 나를 볼 때마다 엄마는 '아이고. 우리 딸 잘한다, 잘한다' 추임새를 넣어 주었는데, 그 칭찬이 듣기 좋아서 더 열심히 해냈다.

'잘한다, 잘한다' 추임새는 나라는 고래를 춤추게 했지만, 이후 그에 버금가는 칭찬을 들어 본 기억은 흐릿하다. 살면서 욕심을 부려 본 적이 별로 없었던 탓이다. 중고등학교 때 가장 그럴듯한 응원을 받을 확률이 높은 '공부'는 중위권 내외를 서성였고, 남들보다 두드러지게 나은 특기나 취미도 없었다. 어쩌다 대학에 들어갔으나 연애하고 학비 버느라 바빴고, 남들과 어울릴 시간이 없다 보니 자연스럽게 아웃사이더로 조용히 돌아다녔다. 청개구리 습성도 대단해서, 스스로 '해 봐야겠다' 생각한 게 아닌 남들이 '해야 해'라고 주입한 결심과 숙제는 무조건 내팽개쳤다. 무언가에 열중해 성과를 곁에 쌓아 두기보다는 조그맣게 살기가 삶의 모토였으니 남들이 보기에 나는 '잘한다, 잘한다'보다는 '왜 재는 늘 저쯤에서 멈추지' 쪽에 가까웠을지도 모르겠다.

조그맣게 살기

사회에 나와서도 '조그맣게 살기'는 크게 달라지지 않았다. 어떤 물건이든 하나만 있으면 풍족하다고 생각했다. 자본주의사회의 기본값인 소비에도 별 감흥이 없었다. 휴대전화가 고장 나지 않았는데 왜 바꾸지? 평일이 5일인데 왜 외출복이 다섯 벌 넘게 있어야 하지? 양말이 모자란다고 해서 왜 추가로 구매하지? 스타킹 신으면 되잖아.

첫 직장의 사장은 욕심 없는 나를 못마땅해했다. 그는 의지와 노력만 갖춘다면 세상에 뭐든 해낼 수 있다고 생각하는 이였기에 가만한 신입 직원인 내게 늘 "넌 의지가 부족해."라는 말을 되풀이했다. 술을 한 모금도 못 마시는 나를 보면 '전에 모 직원도 마찬가지였는데 한번 의지를 발휘하더니 지금은 말술이 되었다'는 이야기를 귀에 피가 나도록 들려주었다. 그는 늘 "술 못하는 것들이 일도 못해."라고 구박했고, 나에게는 그의 주장을 반박할 논리가 없었다. 지금이야 "아닌데요? 저 술 못해도 일 잘만 하잖아요? 그래서 월급 주시는 거 아닙니까." 하고 너스레 떨 수 있지만, 그때는 상대가 강하게 누르면 누를 수록 한없이 바닥으로 꺼져 버렸으니까. 자꾸만 위축되는 내 모습은 그에게 '역시는 역시'라는 확신을 줄 수밖에 없었다. 야무지고 꼼꼼하게 엄마가 쥐여 준 미션을 해결해 '잘한다, 잘한다' 칭찬을 듣던 꼬맹이는 성인이 된 이후 찌그러진 페트병처럼 잔뜩 쪼그라진 존재가 되어 버렸다.

다시 신입의 세계로

첫 직장 사장은 나를 조종하고 싶어 했지만 제대로 다루는 법을 연구할 생각이 없었다. 나처럼 누르면 눌리는 타입은 잘하는 쪽을 발견해 주고 최대한 응원해 주어야 한다. 우리 엄마는 미취학 아동이 바구니를 잘 만들면 얼마나 잘 만든다고 '잘한다, 잘한다' 칭찬해 주었겠는가. 그렇게 하나둘 레퍼런스를 쌓다 보면 몇 개월 뒤에는 그럴듯한 리본까지 만들어 바구니에 척척 붙이는 짬 정도는 생기는 법이다. 그 사장은 나와의 관계를 발전시키려 노력할 마음도 없으면서 '의지' 운운하며 신입 직원을 밀어붙였다. 세상에 완벽한 인간은 없다. 당신의 고집불통을 내가 견뎌 주었듯이, 당신 또한 내 소심함을 견디는 법을 배웠어야 한다. 그는 내게 물 한 방울 준 적도 없으면서 내가 꽃을 피우길 바랐다.

그로부터 10여 년이 지난 지금, 나는 다시 신입의 세계로 진입했다. 바로 축구를 배우기 시작한 것이다. 회사로 치면 수습 딱지를 뗀 수준은 되는 것 같다. 다행히 이 그라운드에 내 첫 직장 사장 같은 이는 없다. 오히려 모두가 내 소심한 발걸음을 조용히 지켜보며 응원을 보내고, 고공 헛발질 앞에서도 쉴 새 없이 "나이스!"를 외쳐 준다. 그 응원의 목소리를 듣고 있다 보면 휘청이던 두 다리에 나도 모르게 힘이 잔뜩 들어간다. 내가 사회에서 아무리 대단한 성과를 만들어 낸다 해도 아무 사이도 아닌 이들로부터 "나이스!"라는 격려를 듣겠는가. 그 추임새들을 찬찬히 곱씹다 보면 '나, 이 친구들과 함께 열심히 뛰고 싶어. 성장하고 싶어.'라는 마음으로 가슴이 한껏 부푼다. 여전히 종종 다치고 어설픈 스스로에게 실망하지만 이번 세계에서는 다정한 동료들 덕분에 쉽게 지치지도, 금세 나가떨어지지도 않을 것 같다.

○
1만 시간의 드리블보다
더 필요한 한 가지

'또 하나의 가족'과 함께하는 축구의 나날

가을은 축구하기 좋은 계절이다. 나와 친구들은 지금이 얼마나 소중한 순간인지 잘 안다. 너무 덥지도 춥지도 않은 시간, 공을 차다가도 자꾸만 고개를 들어 맑고 높은 하늘을 올려다보게 되는 나날. 축구는 이런 계절을 더 깊이 사랑하게끔 만든다.

우리 팀은 '추워지기 전에 바짝 놀아야 한다'는 사명 아래 친선경기와 풋살 대회 일정을 연이어 잡았다. 일요일마다 경기와 대회들이 대기 중이고, 목요일과 토요일에는 정규 수업을 함께한다. 그 사이사이에 가까이 사는 팀원들끼리 모여 개인 연습을 하는 열정까지 보인다.

줄줄이 사탕처럼 엮인 일정 공지를 보면 '이 정도면 집 처분하고 합숙소 차리는 편이 합리적이지 않나?' 싶은 마음까지 든다. 실제 가족들보다 더 오래 함께하니 이야말로 '또 하나의 가족' 아닌가.

나를 위한 복기의 시간

여기에 일정이 하나 더 있으니 바로 '리뷰 수업'이다. 친선이든 대회 경기든 모든 장면은 영상으로 기록되는데, 분기에 하루 정도는 코치님 주도 아래 그 영상을 분석한다. 서로의 잘한 플레이와 다른 선택을 했다면 더 좋았을 플레이를 나누는 시간. 바둑 기사들이 대국 후 바둑판 위로 바둑돌이 지나간 자리를 다시 한번 되짚는 그 '복기'의 시간을 우리도 가져 보는 것이다.

우리는 대체로 이 시간을 어려워한다. 모두가 빼곡히 모여 앉은 스튜디오에 불이 꺼지고 빔 프로젝터가 홀로 밝게 빛나면 여기저기서 끙끙 앓는 소리가 흘러나오기 시작한다. 그도 그럴 것이, 화면에 큼직하게 등장하는 나는 그만큼 실수하는 장면도 거대하다.

한번은 내 대단한 헛발질로 인해 상대에게 빼앗긴 공이 결정적인 실점으로 이어진 적이 있다. 나는 알았다. 다가올 리뷰 수업에서 큰빛 코치님은 분명 저 장면에서 화면을 정지하고 나를 지긋이 바라보리라는 사실을. 수업 당일 '아, 수업 가지 말까?' 한참을 고민하다가 도망갈 곳은 없다는 사실을 깨닫고 대관실로 발길을 돌렸다. 그저 내 자리에 앉아 오롯이 실수를 직면했다.

사실 내 플레이가 영상에 잡히는 시간은 극히 제한적이다. 5분 또는 10분 만에 교체되는 데다가 늘 공 근처가 아니라 저 멀리 화면 밖에 떨어져 있다. '대체 어디에서 혼자 달리고 있는 거지?' 싶을 때쯤 빼꼼 나타난다. 그럼에도 그 잠깐을 놓치지 않고 한마디를 덧붙이는 코치님.

"멀찍이 있으니 패스가 다 잘리잖아요. 라인을 타고 있든 가 수비 앞에 서야 해요."

"공격수가 킥인 욕심을 왜 내요? 공격 숫자가 하나 줄잖아요."

"골 하나 넣었다고 안 뛰네? 내 편이 저렇게 열심히 달리는데 같이 뛰어 들어가야죠."

계속 듣다 보면 '나는 대체 뭘 잘하는가' 싶어 조금씩 아득

해진다. 그럼에도 리뷰 시간에 참여하는 이유는 분명하다. 경기 전체를 관망하는 눈이 부족한 나에게는 지난 영상을 혼자 감상하는 게 큰 의미가 없기 때문이다. 집에 가만히 앉아 경기 영상을 반복해 들여다보면 문득 이런 생각이 든다.

'분명 뭔가 잘못되어 가고 있어…. 그런데 뭐가 잘못됐는지 모르겠어!'

그럴 땐 그냥 머리를 쥐어 싸매며 자괴감만 잔뜩 안고 잠자리로 향한다. '나는 왜 이렇게 못할까? 언제 잘하게 되나?'라는 쓸데없는 질문만 스스로에게 잔뜩 던지다가 까무룩 잠이 든다. 그러니 나에게 복기란, 내 눈으로 미처 보이지 않는 어둠에 코치님이 빛 하나를 쏴 주는 경험이다.

1만 시간이 간과한 것

흔히 한 분야에서 전문가가 되기 위해서는 1만 시간이라는 절대적 시간이 필요하다고 말한다. 이른바 '1만 시간의 법칙'이다. 1만 시간이라니. 출근도 해야 되고 밥도 먹고 잠도 자야 되는데 매일 세 시간씩, 그것도 10년간 꾸준히 해야 축구가 내 것이 된다고? 지금 속도로는 쉰 살은 넘어야 축구 신동 소리 듣겠구먼.

그런데 이 법칙을 이야기할 때 간과되는 지점이 있다. 수정과 복기 작업 없이 계속 시간만 쌓으면 나중에는 몸에 새겨진 안 좋은 습관을 고칠 수도 없고, 처음으로 돌아갈 수도 없게 된다는 점이다.

한 축구 전문가에 따르면 "아예 초보면 오히려 나은데, 유튜브 따라 하다가 나쁜 습관 들여 오는 사람들이 가장 가르치기 곤란하다"고 한다. 바른 자세와 태도로 제대로 훈련해야 1만 시간이 빛을 발하는 것이지, 아니면 그냥 시간을 버린 거다. 언젠가 코치님은 슛 연습을 하는 나를 앞에 두고 이런 말을 건넸다.

"슛 연습을 시킬 때마다 고민이 들어요. '저 자세로 계속 연습하면 습관으로 굳을 텐데' 싶어 걱정스러운데 인원은 많고 시간이 없다 보니 하나하나 못 봐 드리니까…"

제발 진정하라고, 네 멋대로 그만 쏘라는 말이다.

'1만 시간'만 바라보면 절대 축구왕에 도달할 수 없다. 초보인 나는 그저 어긋난 방향을 수시로 수정하며 바로 앞 단계를 하나씩 밟아 나갈 뿐이다. 지금 내겐 잘못된 자세로 드리블을 100번 치는 것보다, 드리블 영상을 복기하며 문제점을 찾고 수정해 다시 시도하는 한 번이 필요하다.

그러니 경기가 종료되었다고 해서 축구가 끝났다고 생각해선 안 된다. 어두운 방 안 모니터 앞에 앉아 실수를 직면하는 그 시간을 1만 시간 법칙 안에 포함시켜야 마침내 축구왕에 도달할 수 있다. 언젠가 축구 친구들과 "인생은 이순(60)부터지. 환갑잔치할 때까지 함께하겠다고 약속!" 하며 농담을 주고받았는데 이 농담이 사실이 될 날이 머지않았다. 환갑의 가을이 기다려진다.

○

나이 육십 먹어도
축구하는 여자

선배들 등을 보고 살았던 신입 시절

신입 시절에는 선배들의 등을 바라보며 나아갈 길을 더듬는다. 그 시절에는 그들의 등짝이 얼마나 소중했는지 모른다. 모든 게 처음인 내게는 이렇다 할 무기도, 나아갈 길이 분명히 그려진 지도도 없지만, 나를 대신해 먼저 시행착오를 겪은 당신들 덕에 마냥 헤매지만은 않겠구나 싶어서. 든든한 등에다 대고 나직이 중얼거리곤 했다. 고맙다고, 당신들 덕분에 내가 조금은 덜 미끄러지는 중이라고.

신입 시절로부터 10여 년쯤 지났더니 회사에서 중간 관리자 역할로 접어들었다. 이제는 내 위에 있는 임직원보다, 나보다 직급이 낮은 이가 더 많다. 신입인 내게 든든한 등을 보여 주던 선배들 가운데 여전히 현역에서 뛰는 이는 드물다. 누구는 유학이나 이민을 떠났고, 누구는 출산 이후 업계로 돌아오지 못했으며, 누구는 이 업계를 떠나 다른 생업 전선으로 사라졌다.

나는 지금보다 더 경력이 쌓이고 나면 어디로 가게 될까? 10년 뒤에도 이 일을 하고 있을까? 잘 상상이 되지 않는다. 롤모델이 없으니 나의 미래도 두루뭉술해졌다. 이제 나는 '지금 회사에 오래 다닐 거야' 같은 다짐 따위는 하지 않는다. 그건 내가 정할 수 있는 게 아님을 이제는 안다.

나이 많은 신입의 서러움

축구를 시작했을 때 수시로 '다시 신입이 된 기분'이라고 말하고 다녔다. 그런데 업무에서 신입이던 시절과 결정적인 차이가 하나 있다. 바로 '나이'다. 업무에서 신입일 때 나는 20대 중반이었기에, 지금 미숙해도 시간이 해결해 주리라 내심 믿었다. 하지만 축구는 가뜩이나 늦게 시작해서 실력도 미숙한데 나이도 제일 많다. 이 팩트가 하나의 결박이 되어 스스로를 옥죈다.

우리 팀에서 제일 어린 막내는 고등학교 3학년으로, 올해 열아홉 살이다. 왕언니를 담당하고 있는 나와 스무 살 차이가 난다. 올해 수능을 보네 마네 하는 그 친구를 바라보며 '막내가 내게 이모가 아니라 언니라 불러 주어 고맙다, 진짜.'라고 생각했다. 내가 첫사랑 오빠와 결혼해 바로 자식을 낳았으면 우리 팀 막내와 같이 학교 다녔을 수도 있다.

미성년자에게 출전 자격을 주지 않는 대회 특성상 막내와 한 번도 대회 경기를 같이 뛰지는 못했다. 함께하지 못해 서운 하지 않냐는 내 물음에 그는 내년에 뛰면 된다고 대답했다. "언 니, 저 두 달 지나면 성인이에요." 내년이 와도 고작 스물이라 니. 너무 좋겠다. 내 나이 될 때까지 축구해도 20년이나 더 공 찰 수 있단 계산이 나오잖아.

축구 친구들이 "이 언니 내년에 마흔이래."라고 놀릴 때마 다 나는 "나 생일 아직 안 지났어. 만으로 따지면 서른일곱이 야. 대통령이 앞으로 만 나이로 불러 준댔어! 두 살 깎아 준다 고 그랬어!"라며 항변한다. 물론 통할 리 없다. 친구들 입가는 이미 놀릴 준비로 단단히 씰룩거리고 있으니까. 내 대답에 황 소는 "대통령이 언니만 나이 깎아 준대? 우리 다 깎아 줘."라고 대꾸했다. 알지. 그래도 나이대가 10~30대인 우리 팀이 나 때문에 40대까지 늘어나는 건 아무래도 부담스럽단 말이야.

나이는 가장 많은데 실력은 제일 바닥인 신입은 도대체 누구를 롤모델 삼아야 하는가. 그림 같은 포물선과 함께 공을 뻥뻥 차 대는 축구 친구들을 바라보다 보면 괜히 움츠러든다. "와, 진짜 잘 찬다. 나이스, 나이스!" 외치며 박수를 쳐 주지만, 그 모습이 미래의 내 것이 되리라는 기대는 좀처럼 들지 않기 때문이다. 이 친구들은 5년이 지나도 '청년'이지만, 그때 나는 어김없는 '중년'이니까. 나이 들수록 노련해진다고 믿고 싶은데.

찾았다, 나의 롤모델!

얼마 전 우리 팀은 아마추어 풋살 대회에 참가했다. 열다섯 팀이 세 개 조로 나뉘어 아침 열 시부터 저녁 일곱 시까지 경기를 뛰었다. 주 거주지도 나이대도 제각각인 사람들. '여성'이라는 지정 성별과 공차기라는 취미 외에는 공통점을 찾기 어려운 150여 명이 한자리에 모여 함께 경합을 벌였다.

우리는 C조에 속해 있었는데, 그중에 한 팀이 유독 눈에 띄었다. 40~50대가 주축으로, 유난히 몸싸움에 강한 팀이었다. 우리 팀원 하나가 그들을 보자마자 "됐다. 나이대 보니 우리가 이겼다."라며 좋아했다. 그 말이 목 끝에 걸린 나는 기어코 "그렇게 말하지 마."라고 한마디를 건넸다.

"아니, 그냥 전력으로 우리가 우세하다고…"

"나도 이제 내일모레면 마흔이야. 그러니까 나이로 그렇게 말하지 말아 줘."

모든 경기가 끝나고 시상식 순서가 왔을 때, 그 팀의 골키퍼가 '야신상'을 받았다. 공을 잘 막아서가 아니라, 참가자 가운데 제일 나이가 많은 그를 치하하는 의미라는 말을 사회자는 덧붙였다.

그가 밝힌 골키퍼의 출생 연도는 1968년생. 그 말을 듣자마자 아까 들었던 그 말이 자꾸만 내 목 끝에 걸린 이유를 알 수 있었다. 그 팀은 신입 시절 하릴없던 나를 지탱해 주던 선배들의 등짝이었던 것이다.

'50대 중반에도 축구하는구나. 그렇다면 나도 앞으로 15년은 더 뛸 수 있겠다!'

막내처럼 스무 살부터 마흔까지(아마도 그보다 더) 축구하는 사람은 될 수 없지만, 마흔 살부터 (어쩌면) 이순까지 공을 차는 사람이 될 수 있을지도 몰라! 이름도 사는 곳도 알지 못하는 데다가 오늘 처음 보았지만 그 언니들에게서 위로받았다. 당신들 너무 멋있다고 엄지 척을 해 주고, 공 차 주어 고맙다고 말하고 싶었다.

물론 대회에는 경합을 벌이러 나왔고 경기장 안에서는 이기기 위해 최선을 다해야 한다. 나이나 경력과 상관없이 밀어붙여 상대를 밖으로 내보내야 할 때도 있을 것이다. 그럼에도 같은 취미를 공유한다는 연대감이 우리를 이어 주었으면 한다. 경기가 시작할 때 "잘 부탁드립니다!" 건네는 인사와 끝나면 서로 마주 보고 "많이 배웠습니다! 감사합니다!" 악수를 나누는 그 순간에 진심이 담겼으면 한다.

공 차는 언니들이 자꾸만 늘어나는 세상을 상상한다. 어설프게 나이 든 나는 그저 그 언니들의 등짝을 보며 계속 앞으로 밀고 나갈 것이다. 그러다 보면 나보다 어린 동생들이 내 등짝을 바라보며 또 다른 희망을 품겠지. 그렇게 우리만의 이어달리기를 계속해 나가고 싶다. 60대에도 공을 몰며 뛰고 싶다.

○
인생에도
백패스가 필요해

아파도 공 차고 싶다는 내적 외침

'해내겠다고 결심한다, 해낼 때까지 노력한다, 원하는 바를 얻어 낸다.' 살면서 이 삼박자 패턴이 실패한 적은 거의 없었다. 그리고 축구를 접하며 '축구 신동이 되겠어.'라는 결심을 했고, 이후로는 매일같이 훈련에 매진했으며, 정말 원하던 바가 코앞까지 온 것만 같았다. 부상이라는 복병이 다가오기 전까진 말이다.

그렇게 무리하다가 생긴, 눈에 띄는 부상만 한두 달 만에 서너 개. 골반 석회성 건염, 종아리 근육 손상, 종아리 혈관 파열, 정강이 증후군 등 전부 공이나 누군가에게 부딪혀 생긴 게 아니라, 몸을 너무 놀린 탓에 생긴 부상들이다. 당연하지, 일주일에 공을 여덟 번씩 찼으니까. 최근에는 일주일에 두세 번까지 줄였지만 이마저도 남들이 볼 때는 혀를 내두를 정도의 횟수일 테다.

나는 왜 나를 과신할까. 어째서 자꾸만 스스로를 혹사시킬까. 무쇠로 만든 몸도 아니면서. 처음에는 '팀에서 제일 초보자인 내가 친구들에게 방해가 되지 않기 위해서는 열심히 연습해 따라가야 한다'는 생각에 무리했고, 나중에는 그냥 재미있어서 계속했다.

내가 저지른 결과물이 폭풍처럼 몰려왔다

한번은 왼쪽 종아리가 퉁퉁 붓더니 통증이 심해져 걷지도 못할 지경이 되어 버렸다. 병원 의사가 혈관이 터졌다고, 혈관 밖으로 새어 나온 피가 피부 아래에 고여 종아리에 통증을 유발한 것이라고 했다. 부상 때문에 어기적거리던 내게 친구 먼지는 폭풍 잔소리를 해 댔다.

"도대체 아픈데 축구를 왜 해요? 알 만한 사람이 왜 그러는 거예요! 안 되겠어, 당장 약속해요. 다 낫기 전에 축구하면

밥도 사고 술도 사고 노래방까지 쏘겠다고 공약 걸어요, 얼른!"

걱정하는 그 마음이 고마웠지만(걱정이 아니라 건수 잡은 건가 싶기도 하다), 그의 채근 앞에 입을 꾹 다물고 버텼다. 약속한다고 해서 지킬 자신도 없고, 축구했으면서 안 했다고 거짓말할 배짱도 없었기 때문이다.

회사 동료인 연남도령은 일주일의 시작인 월요일마다 내 몸 상태를 살핀다. 괜찮아 보이는 날에는 "안 다치고 출근해 주셔서 감사합니다" 인사를 건네고, 어딘가 불편해 보이면 "진짜 축구 못 하시게 어딘가에 묶어 놔야겠네요"라며 안타까워한다. 축구 친구들에게 폐 끼치지 않으려다가 일상 친구들과 회사 동료들의 걱정을 사는 상황인 것이다. 미안해요, 여러분. 나도 내가 주체가 안 됩니다.

부상은 나를 한없이 작게 만든다. 혼자 하는 운동에서 부상은 초조함(이러다가 그간 배웠던 거 다 까먹는 거 아냐?)과 안도(당분간 운동 안 해도 되는구나!)를 가져다주는데, 이에 더해 팀 운동은 죄책감(친구들에게 미안해서 어쩌지?)까지 불러일으킨다.

거기에 회사 동료들에게 걱정 끼치는 상황까지 더해지다 보니 '나는 대체 왜 이 모양이야' 싶어 스스로 머리를 쥐어박는 악순환이 반복되는 중이다. 잘하고 싶어서 했던 노력들이 죄책감으로 돌아올 줄은 상상도 못 했다.

내 글을 즐겨 읽는다는 분이 걱정 섞인 말투로 다음과 같은 말을 건넨 적이 있다.

"앞으로 축구 조금만 줄이시면 어때요? 저는 일주일에 수요일 하루밖에 축구를 안 하거든요. 그래서 이 시간이 너무 소중해요. 지은 씨도 그렇게 하시면 어떨까요? 대신에 연재 글을 더 열심히 써 주시는 거죠. 저처럼, 뜬금없는 사람들이 지은 씨의 칼럼 연재를 기다리고 있으니까요."

좋아한다고 해서 종일 그것만 들여다보면 오히려 그 소중함을 잃을지도 모른다. 앞만 보고 달리다 보면 나처럼 피치 못할 사정 때문에 좋아하던 것을 잠시, 어쩌면 영영 포기해야 할 수도 있다. 지금이야 쉬면 낫는 병이지만(쉬지 않는다는 작은 문제가 있긴 하지만), 나중에 불가역적인 부상을 입거나 만성 질환에 걸리면 어떻게 되는 걸까? 축구왕은커녕 축구 자체를 못 하게 되면?

이제 그만 백패스를 하고 숨을 고를 때

일단 목표를 세우면 직진만 하는 내가 축구를 시작했고, 결국 결말을 보기 전까지는 포기하지 않을 것이다. 그러나 이렇게 부상당하고 아파서, 자의가 아닌 다른 이유로 축구 인생에서 퇴장당하고 싶지는 않다. 인생은 길고 예순까지 축구하기로 했으니까, 이제는 스스로에게 제동을 걸기로 했다. 천천히 가야 할 때도 있음을 이해하려고 한다.

축구에는 '백패스'라는 룰이 있다. 우리 편 공격인데 상대방 수비수로 인해 공격 길이 막히면 바로 뒤를 바라보고 다른 수비나 골키퍼에게 공을 돌린다. 처음에 백패스 규정을 설명할 때 큰빛 코치님은 이 말을 강조했다.

"안 되면 백패스! 쉽게, 쉽게 해요. 뒤로 백 번 돌려도 돼요. 뺏기지 않는 게 더 중요한 거예요."

무리해서 공을 전진시키느니 차라리 안전한 뒤쪽에서 다음을 노리라는 뜻이다. 지금 내 축구 인생에도 백패스가 필요한 시점 아닐까? 생각이 여기까지 미친 나는 최근에 가입했던 혼성 풋살 팀을 탈퇴했다. 전진만 하던 내게 제동을 걸기로 한 것이다.

이렇게 뒤로 백 번 천 번 물러난다 해도 결코 포기하지 않는다면 언젠가는 패스 길이 보일 테니까. 그때 내 플레이를 해내야지. 단기간에 바짝 열심히 해 축구 신동에 안착했다가 바로 사그라지기보다는 근근이 20년 공 차면서 그저 그런 선수로 기쁘게 남을 것이다.

○

'그냥 지고 말지'
라는 생각이 가져온 후폭풍

내가 치른 패배의 값

볼 돌리기 게임(공격수들이 원을 그리고 서서 안쪽 수비수를 피해 공을 돌리는 일종의 술래잡기 게임)이 화근이었다. 공격수들의 패스가 스물다섯 번 이상 이어지면 수비수가 음료를 사는 내기였는데, 두 판 모두 꼴찌를 차지했다.

공격수일 때 내 패스는 수시로 끊겼고, 수비수일 때는 볼을 빼앗지 못하고 쫓아만 다녔다. 너무 오래 수비를 서다 보니 한껏 지쳐서 나중에는 '안 해. 그냥 내기에 지고 말지.'라고 생각해 버렸다. 패배의 값은 1만 2,000원. 값을 치르고 돌아서는 내 뒤통수에 대고 큰빛 코치님이 말했다.

"그러니까 다음에는 지지 마요."

지고 싶어서 지는 사람이 어디 있어! 한껏 억울했지만 뭐, 별수 있나. 실력이 모자란 내가 문제지. 그 어떤 대꾸도 하지 못한 채 고개를 숙이고 자리로 돌아갔다.

내기는 이미 끝났는데, 머릿속은 여전히 그 생각으로 가득했다. 아무래도 내 실력으로 2년 차 축구 친구들을 따라가기에는 역부족이라는 생각, 내게 운동 머리가 없다는 좌절이 나를 끝없는 자기혐오의 구렁텅이로 빠뜨렸다.

'내가 대체 여기서 뭘 할 수 있지? 할 수 있는 게 있기는 할까?'

이날의 감각은 마음속 어딘가에 상흔을 남겼다. 이후로는 볼 돌리기 게임만 하면 미간에 주름이 잡히기 시작한다. 공을 뺏겨 수비로 섰을 때 공격자들의 패스가 열 번이 넘어가면 그 순간부터 눈물이 날 것만 같다. 몸은 한껏 무거워지고 발걸음은 점차 느려진다. 도대체 어떻게 해야 패스를 막을 수 있는 거지? 도통 모르겠다.

당시에는 얼른 내기 값을 지불하고 그 상황을 모면하려고 했다. 갇힌 원 안에서 빠져나가기만 하면 모든 게 해결되리라고 믿었다. 그래서 열 번, 스무 번 친구들의 패스가 쌓이는 순간부터는 '조금만 더 견디면 나갈 수 있어.'라고 생각하고 말았다.

그런데 아니었다. 내가 치른 패배의 값은 고작 1만 2,000원으로 끝나지 않았다. 포기의 순간은 나를 며칠 동안 따라다니며 끊임없이 괴롭혔다. 덕분에 나는 다시 한껏 쪼그라든 사람으로 돌아왔다. 이제 겨우 자신감이 붙었나 싶었는데, 내 꾀에 내가 넘어간 것이다.

어쩌겠어, 이게 지금의 나인데

이런 나를 누군가는 꾸준히 지켜보고 있었다. 열패감에 고개 한번 못 든 채 혼자 집으로 돌아가는 길, 회장 황소에게서 연락이 왔다. 오늘 내 모습들에 하나하나 정성 들여 피드백을 보내 준 것이다. 지난번보다 전진 드리블도 많이 늘었고, 수비도 단단해졌다고. 그 격려 앞에 혼잣말처럼 중얼거렸다.

"아, 나도 오늘 뭔가 한 게 있었구나…."

"그러니까 언니, 어깨 펴! 모든 건 그냥 훈련일 뿐이야. 못하는 거 곱씹지 마! 더럽게 안 되는 거 많지만, 언젠간 되겠지. 열심히 하고 하다가 끝까지 안 되는 건 버리고, 되는 것만 남기면 나중에는 꽤 잘할 수 있지 않을까?"

못하는 것에 너무 집중하지 말고, 잘하는 것을 더 잘하면 어느 순간 못하는 것도 할 수 있게 될 것이라는 말, 어찌나 위로되던지(물론 못하는 게 너무나도 많다는 사소한 문제가 남아 있긴 하다).

"못해도 끝까지." 큰빛 코치님에게 늘 듣는 말이다. 내 발이 조금만 느려지려고 해도 그분은 이 말을 목 놓아 외친다. 한번은 쉬는 시간에 혼자 공 만지고 있는 내게 코치님이 슬쩍 다가오더니 말을 붙였다.

"지금 배우는 것들, 다 잘 모르겠고 너무 힘들죠? 그런데 어쩔 수 없어요. 나도 즐기는 게 최고라고 생각했는데, 지난번 대회 나갔다가 순식간에 지고 나니까 그게 아니라는 생각이 들더라고. 지금은 버겁겠지만 일단 한 번에 다 익히려 하지 말고 그냥 눈에 많이 담아 두세요."

나중에 황소에게서 들었는데, 큰빛 코치님은 볼 돌리기 이후 한껏 의기소침해진 나를 눈치챘고, 이후 수업부터는 이 훈련이 잠시 중단되었다. 내 대충대충이 동료의 걱정을 사고 교사의 수업 방식까지 바꿔 버린 것 같아 한없이 미안해지는 순간이었다.

스스로 납득할 수 있는 것 만들기

로펌 인턴 체험을 담은 〈신입사원 탄생기 – 굿피플〉(2019)이라는 예능 프로그램이 있다. 로스쿨 재학생 여덟 명이 한 로펌 회사에서 인턴 기간을 거쳐 최종 두 명을 선발하는 서바이벌 예능이다. 결국 누군가는 탈락할 줄 알면서도 등장하는 인물들을 하나같이 아꼈다. 회차를 거듭할수록 눈부시게 성장하는 모습 때문이었던 것 같다.

가장 마음이 가던 인턴은 이상호 씨였다. 매사에 꼼꼼한 이시훈 인턴이 순간적인 기지가 장점인 이상호 인턴과 한 팀이 된 적이 있다. 어차피 멘토 변호사들이 검토해 주는데 자료만 찾으면 되지 굳이 우리까지 검토할 필요가 있느냐는 이상호 씨에게 이시훈 씨는 대답한다.

"그건 맞는데, 어쨌든 대충 하지 마요, 상호 씨. (스스로) 납득할 수 있는 걸 만들어 놔야 하잖아. '될 것 같은데.'라고 하면 안 돼요."

대충 하지 말라. 스스로를 납득시킬 때까지 노력하라. 그 충고를 듣는 이상호 씨의 표정은 한 대 얻어맞은 것마냥 얼얼해 보였다.

언젠가 친선경기에서 대패하고 모두가 열패감에 빠져 있

을 때 한 친구가 이런 말을 했다.

"어쩌겠어, 지금 이게 난데. 내가 마음에 안 든다고 나를 버려?"

아마 그 친구는 그날 최선을 다해 뛰었을 테고, 그 사실을 자신이 알기에 이런 단단한 말을 내뱉을 수 있었을 것이다. 반면에 그냥 남들 따라 뛰기만 했던 나는 그의 말에 이상호 씨의 그 얼얼한 표정을 짓고 말았다.

볼 돌리기 훈련 때 스스로 납득할 만큼 열심히 뛰었다면 내 마음은 조금 달라졌을까. 적어도 '이 정도 했는데도 안 되는 걸 어쩌겠어.'라며 지금의 나를 받아들이는 태도는 얻지 않았을까. 언젠가는 남이 사 주는 음료를 당당하게 얻어먹을 것이다. 더는 내기에서 지고 싶지 않아.

○○③○○○

공과 삶의 균형을 찾아서

축구를 위해
수영을 시작하다

부상을 딛고 수영을 등록하기까지

새해가 밝았다고 해서 새로운 계획을 짜거나 결심을 세우지 않는다. 그러면 결국 해내야 하니까. 그런 내가 새해부터 한 가지 결심을 세웠다. 바로 수영에 도전하기로 한 것이다.

축구 실력은 이제 막 공에 익숙해지기 시작한 정도. 운전으로 치면 아직 '초보 운전' 딱지를 떼지는 못했지만 그래도 끼어들기 앞에서 머뭇거리다가 도로 끝에 서 버리고는 울상을 짓는 일 따위는 하지 않는다. 달려드는 상대편이 무서워도 일단 머리 들이밀 실력 정도는 생긴 것 같다.

그런 내가 수영을 시작했다. 생전 물에 떠 본 적도 없어 킥판을 들고 어린이용 풀장에서 코를 박고서는 '음파 음파'를 연습하는 중이다. 또다시 '주행 연습 중' 스티커를 붙이고 도로 앞에 선 기분이다.

수영은 지속 가능성에 대한 고민 끝에 내린 결정이다. 시간이 날 때마다 공을 찼더니 몸에 무리가 와 부상이 잦아졌고, 그 덕에 매일같이 드러누웠다. 골반 부상으로 온종일 침대 위에 가만히 누워 있던 어느 날, 문득 스스로가 한심해 견디기 힘들어졌다.

'남들은 건강해지려고 운동하는데 난 이게 대체 무슨 삶이야.'

취미가 삶을 잡아먹은 순간, 환멸이 피어났다. 일상의 대부분을 공 차는 데 갈아 넣었더니 부상 한 방으로 모든 게 사라진 기분이 들었다. 이건 분명 건강하지도, 지속 가능하지도 않다. 특단의 조치가 필요했다.

그때 찾은 운동이 수영이다. 운동하다가 부상이 생길 염려도 없고 타인과의 접촉도 최소화되며 코어(척추와 복부, 허리 골반부 등 몸의 중심 부분)를 다잡아 주어 내 몸을 좀 더 건강한 쪽으로 밀어 올려 줄 수 있는 운동.

수영하면 코어 힘 좋아지고, 코어 힘 좋아지면 몸싸움 대장으로 거듭나겠지? 내가 비록 지금은 남들과 몸싸움할 때 비

명과 함께 종잇장처럼 날아가지만, 조금만 기다려라. 다 이겨 버리겠어.

그렇게 나는 운동복 대신 수영복을, 축구화 대신 수영모를 착용하고, 운동장 대신 물 위에 누웠다. 참고로, 살면서 한 번도 수영을 시도해 본 적이 없다. 누군가 내게 수영을 권하면 "난 소음인이라 몸이 차서 안 돼."라는 제법 그럴듯한 핑계를 대며 피해 다녔다. 차가운 물에 몸이 닿는 게 싫었고, 내 몸이 물에 뜰 거라는 상상을 해 본 적이 없다. 하지만 축구왕이 되기 위해서라면 무엇이든 해야지. 그게 차가운 물이든 뜨거운 물이든 달려들고 보겠어!

그런 의무감으로 찾은 수영인데, 의외로 재미있었다. 제대로 된 자세는커녕 자꾸만 킥판을 내리눌러 물을 잔뜩 머금기나 하고, 너무 느려 남들 운동 방해만 한 주제에 말이다. 한 시간 수업 끝에 혼자 선 샤워실. 그 안에서 키득거렸다.

'나 되게 못하네?'

이거 뭐야. 어떻게 못하는데 웃음이 나. 축구하면서는 내내 '왜 이렇게밖에 못하지'가 내 마음을 짓누르는데 말이다. 그때 깨달았다. 기대가 없으면 몸을 움직였다는 사실만으로도 즐거울 수 있음을. 부상으로 느꼈던 무력감은 부상 자체가 아니라 내 기대가 만든 상처였음을.

더 잘하고 싶어서 상처받는다

축구 친구인 은평구 하희라는 나보다 구력이 오래되었고 축구를 대하는 마음 또한 무척 깊다. 다만 그의 실력 향상을 방해하는 요소가 한 가지 있다. 바로 한껏 치솟은 승모근. 그런 그에게 큰빛 코치님은 매번 "몸에 힘을 좀 빼 봐요."라고 말을 건넨다. 그때마다 희라는 "아, 30여 년 동안 준 힘을 어떻게 빼요!"라며 항변한다.

그런 희라의 몸에서 힘이 잔뜩 빠져나간 광경을 목격했다. 뮤지컬 마니아인 그와 함께 스탠딩 뮤지컬을 보러 간 적 있다. 모두가 배우들을 따라 함께 몸을 흔들고 춤을 추는 관객참여형 작품이었는데, 그곳에서 그 친구의 몸놀림은 가히 독보적이었다. 아니, 어떻게 저렇게 리듬을 잘 타지? 그의 몸놀림은 출연진들 눈에 들기까지 해 무대 앞으로 끌려 나와 모두의 앞에서 춤을 추는 지경에 이르렀다. 공연이 끝나자마자 희라에게 외쳤다.

"춤 진짜 잘 추잖아! 몸에 힘이 하나도 안 들어가 있어! 앞으로 축구할 때도 이렇게 리듬을 타. 리듬좌가 되는 거야!"

왜 수영은 못해도 웃음이 나는데 축구는 못하면 잠도 못 자고 혼자 우울의 땅굴을 파게 되는가. 왜 희라의 승모근은 축구 할 때만 잔뜩 올라가는가. 결국 이 모든 것은 사랑 때문이다. 축구를 너무 사랑해서, 잘하고 싶어서 상처받는 것이다. 스스로의 플레이가 한심해서 환멸을 느낄 때마다 내 머릿속에 드라마 〈아내의 유혹〉 OST가 재생된다.

"왜 나는 (축구) 너를 만나서 왜 나를 아프게만 해. 내 모든 걸 다 주는데 왜 날 울리니. (…) 용서 못 해."

좋아하는 것을 잘하고 싶은 마음이 언제나 도움이 되지는 않는다. 너무 좋아하면 몸에 힘이 잔뜩 들어가고, 자꾸만 '왜 나는 이것밖에 안 되지.'라는 마음에 좌절하게 된다. 그 좌절이 나아가면? '아, 다 때려쳐.'라는 포기하는 마음으로 발전한다.

수영을 하다가 문득 웃음을 잃고 울상이 된 채로 공을 차던 나의 지난 모습이 떠올랐다. 기대를 내려놓으면 축구하는 시간마저 흥겨워질까. 못해도 좋아하는 마음 하나로 뛸 수는 없을까. 그러면 나는 나를 좀 더 사랑하게 될 것만 같은데.

골 못 넣는데
공격수를 세우는 이유

내가 왜 '공격'인지 모르겠어

며칠 전, 혼자 슛 연습에 고군분투하는 내게 큰빛 코치님이 다가와 말했다.

"전에 내가 한 말 기억나요? 발등으로 못 차겠으면 인사이드(발 안쪽, 아치 부분)라도 갖다 대라고. 그때는 공을 발등에 맞추기 어려우니까 그렇게라도 하라고 말했잖아요. 근데 지금은 발끝이긴 해도 맞긴 맞고 있어요. 많이 늘었어요. 그러니까 너무 조급해하지 말아요."

"제가 조급해 보였나요?"라는 내 질문에 코치님은 "생각이 많아 보여서요."라고 대답했다. 내 망설임이 빤히 들여다보이는 것이다.

수많은 축구 동작들이 어렵지만 내게는 슛이 제일 난해하다. 연습이든 실전이든, 슛할 타이밍마다 머릿속이 복잡해진다. '넣어야 하는데. 해내야 하는데.'

남들 앞에서는 말끝마다 '축구, 축구'거리는 '축구무새(축구+앵무새)'에다가 영하 15도에 한파주의보가 내려도 털모자 뒤집어쓰고 혼자 야외 운동장으로 뛰쳐나가 드리블을 연습하는 열혈 선수지만, 사실 실력은 이 마음을 받쳐 주지 못한다. 지난번 대회에서 한 골 넣었다고 자랑한 게 마지막 본 골 맛이다(오늘도 눈에서 물이 흐르네?). 심지어 그때도 축구 경력 6개월 만에 넣은 첫 골이었는데! 축구 인생 9개월 동안 경기에서 해낸 나의 성적은 1도움, 1골. 이런 주제이다 보니 주 포지션을 '공격'이라고 밝히기가 부담스럽다. 공격다운 공격을 해본 적도 없는데 자리만 차지하고 있는 나를 감추기 위해 은근슬쩍 "저는 보통 공격에 서지만 축구 팀에 있기에 큰 의미 없어요. 수비할 때는 또 수비 열심히 봐요."라고 변명한다.

초반에는 내 실력이 하루가 다르게 느는 것 같았는데, 부상 이후 3주 가까이 쉬었더니 겨울이 찾아왔고, 야외에서 수업하는 팀 특성상 혹한기인 1월을 쉬었고, 자동으로 내 실력도 쪼그라들었다. 얼마 전 오랜만에 치른 타 팀과의 친선경기가 어찌나 낯설던지. 혼자 우왕좌왕하던 나를 본 축구 동료가 "지은 언니 대체 어디 서 있는 거야."라면서 꽥 소리를 질렀다.

그 친구는 나보다 열다섯 살 어린데, 오죽 답답했으면 한참 왕언니에게 저렇게 소리를 질렀겠나 싶어서 "아고, 미안해, 미안해"를 연발했다. 그렇게 혼자만의 싸움에 몰두하다가 경기는 끝나 버렸다. 친구들은 혼자 엄한 데 뛰고 있던 나 때문에 4 대 5로 싸우는 기분이었겠지? 미안해, 미안해.

이타적인 사람에게 주어지는 자리

왜 큰빛 코치님은 수개월이 넘도록 한 골밖에 못 넣은 나를 계속 공격으로 세울까? 물론 내가 스피드도 좋고 체력도 강하며 쉴 새 없이 움직일 줄 알기 때문이라는 대답을 듣긴 했는데, 사실 이는 수비에게도 필요한 자질이다. 5 대 5라는 풋살 경기의 특성상 끊임없이 자리를 바꾸며 뜀박질해 공간을 창출해 내야 하기 때문이다.

코치님의 포지셔닝 선정이 의문이라는 내 말에 지인이 이런 격려를 해 주었다.

"지은 님이 이타적인가 보다. 골 욕심 안 내죠? 그러니까 공격에 세우는 걸 거예요."

남자 팀에서는 개인기도 특출하며 구력도 오래된 사람이 많다 보니 다양한 유형들을 마주한다고 한다. 한 팀에서도 정말 무수히 사람이 들고 나고, 그중에서 유독 환영받는 이와 홀대받는 이가 나뉜다고 했다. 그중에 가장 꺼리는 대표 유형이 '이기적인 플레이'라고 한다. 축구 실력이 부족한 사람보다 혼자 공을 차지하며 적시에 패스하지 않고 분위기를 흐트러트리는 사람을 더 나쁘게 보고, 심하면 퇴출까지 시킨단다.

그러고 보니 친구 별로도 비슷한 이야기를 해 준 적이 있다. 언젠가 모 팀에서 함께 공을 차고 온 날, 그는 조용히 말했다.

"지은 님, 여기는 앞으로 가지 마요. 다칠 것 같아."

주 구장이 비좁은 데다가 다들 실력이 고만고만하다 보니 몸싸움도 필요 이상으로 거칠다고, 무엇보다 한번 공을 잡으면 혼자 개인기에 몰두하며 수비를 다 끌고 다니는 사람 때문에 제대로 된 팀플레이를 경험할 수 없다는 조언이었다.

별로는 훌륭한 축구인은 개인기로 상대를 돌파하는 선수가 아니라 패스해야 할 시기에 얼른 공을 남에게 넘기고, 곧이어 다시 패스 받을 자리에 가 있는 이라고 했다. 내가 할 수 없을 때는 동료를 믿고, 동료가 힘들 때는 얼른 그리로 달려가 도

울 준비를 해야 한다. 팀원을 믿지 못하고 혼자 돌파하려다가 역습을 당하면, 그 모든 책임을 동료들과 나누어 짊어져야 하기 때문이다. 그만큼 민폐가 어디 있겠나.

어시스트의 어시스트가 된다면?

생각해 보면 나는 '최고가 되고 싶다', '남들만큼 잘하고 싶다'는 마음을 품는 사람이 아니다. 우리 팀 에이스 바우가 척척 공을 골대 안으로 쑤셔 넣는 모습을 보면 '멋지다, 바우. 너를 내 언니 삼고 싶다'는 생각은 들어도 '바우처럼 득점왕이 되고 싶다'고 꿈꾸진 않는다. 언젠가 공격으로 들어가기 전 이런 말을 들은 적 있다.

"난 골 안 넣어도 상관없어. 어시스트 잘하면 되지."

나도 같은 마음이다. 아니, 어시스트(득점할 수 있는 좋은 위치에 있는 선수에게 공을 보내는 일, 또는 그런 선수)도 아니고, 그냥 동료가 멋지게 골을 넣게끔 공 배급하는 데 조금의 도움이라도 되면 그것으로 족하다. 바로 어시스트의 어시스트를 노리는 거다! 어쩌면 그 정도는 나도 할 수 있지 않을까?

슛이 엉망이어도, 매번 골대 앞에서 결정적인 순간들을 놓쳐도, 아무 데서나 쓸데없이 달리고 있어도 내 몸짓 하나로 내 옆자리 친구에게 어떤 기회를 만들어 줄 수 있다면 나는 그걸로 충분하다. 드라마 주인공이 아니어도 괜찮아, 내 동료가 주인공이 될 수 있다면.

언젠가 우리 팀이 아마추어 풋살 대회에서 1위를 했을 때, 금메달을 받으며 '별다른 도움도 못 준 내가 이런 거 목에 걸어도 되나' 생각한 적이 있다. 도움 되는 움직임은커녕 아무 데서나 뛰다가 진로 방해만 한 게 아닌가 싶다는 내 말에 누군가 이런 말을 건네었다.

"아니에요. 언니가 우리 팀 누군가와 부딪혔다는 거는 그만큼 많이 뛰었다는 거야."

그 말 한마디에 쪼그라들었던 마음이 한껏 펴졌고, 나도 친구들과 함께 마음껏 기뻐할 수 있었다. 그에 보답하려면 연습밖에 없겠다. 그래서 오늘도 동네 운동장에 공 차러 혼자 나간다. 어시스트의 어시스트왕이 되는 그날을 위해.

○

외간 남녀가 축구하다 보면
생기는 일

축구 스승 찾아 삼만리

천수 님은 인사이드(발 아치쪽)와 아웃사이드(발 바깥쪽)도 구분 못 하던 시절의 나를 지금에 이르게 해 준 친구다. 그를 만날 때마다 "엄마!"라고 외친다. 그의 지정 성별은 남성이지만 뭐, 당신 덕에 이만큼 성장했으니 내 엄마 맞다.

그를 만난 건 축구를 접한 지 한 달쯤 되었을 때였다. 공을 처음 발에 댄 순간부터 이 운동에 푹 빠져 버린 나는 누구든 만나면 "축구할 줄 아세요? 저 좀 가르쳐 주세요!"라고 외치고 다녔다. 동네 친구 기린을 만났을 때도 마찬가지였다. 나는 기린에게 한껏 수다를 떨었다.

"기린 님, 축구 해 보셨어요? 진짜 재밌어요! 스트레스가 다 풀린다니까? 매일매일 공 차고 싶어. 근데 나를 가르쳐 주는 사람이 없네? 진짜 누가 축구 알려 줄 테니 따라오라고 하면 지구 끝까지 쫓아갈 수 있는데 말이죠!"

내 격앙된 말투에 함께 달뜬 기린은 그렇게 재미있다면 같이하자고 화답해 주었다. 그때 기린이 천수라는 친구를 언급했다. 그 친구가 축구뿐 아니라 웬만한 운동은 다 잘하니 우리의 코치가 되어 달라고 졸라 보기로 한 것이다.

쇠뿔도 단김에 빼라고 했다. 우리는 곧장 그의 집으로 들이닥쳤고, 거기서 천수 님을 처음 만났고, 그에게 "나를 가르쳐라!"라고 요구했다. 어쩐 일인지 천수 님은 낯선 이의 막무가내 요구를 순순히 받아들였다.

엄마가 나타났다

그렇게 열린 천수의 축구 교실 첫날. 여기저기서 그러모은 동네 친구 일곱 명이 한자리에 모였다. 대부분 공을 처음 만져 보는 이들이었으나 우리는 마냥 신났고, 천수 님은 그날 친절과 최선을 다해 축구 기본기를 가르쳤다.

문제는 재미와 꾸준함이 함께 가지 않는다는 점이다. 각자의 이유로 여섯 명의 제자는 금세 모두 사라졌고, 나 하나만 남았다. 천수 님도 이 모임이 오래가지 못할 거라고 예상하고 있었다고 한다. 그래서 처음 보는 나의 가르침 요구에도 흔쾌히 "오케이"라고 외쳤을지도 모르겠다. 다만 그 남은 한 명이 1년 가까이 매주 자기 집 앞에 대기하며 "나를 가르쳐라!" 요구하리라고는 예측하지 못했던 것 같다.

한번은 그에게 당당하게 말했다.

"천수 님의 금요일 저녁 여섯 시부터 일곱 시까지는 내 거야, 이지은 고정이야! 약속 잡지 마요. 나한테 지분이 있으니까!"

나도 안다. 새파랗게 젊은 청년에게 가장 뜨겁게 즐길 시간인 금요일 저녁을 할당해 달라니, 이 얼마나 이기적인가. 그런데 의외로 천수 님은 순순히 그 시간을 내게 나누어 주었다. 그렇게 우리는 1년 가까이 매주 같은 시간에 함께 공을 찬다. 어떤 부분은 그를 소개해 준 기린보다 더 친밀해져서, 축구 외의 삶도 일정 부분 공유하고 고민과 조언을 주고받기도 한다.

관계 문제로 한껏 힘들어하던 시기에 천수 님에게 이를 털어놓았다가 의외의 해답을 얻기도 했다. 축구 가르쳐 주는 것만으로도 황송해서 업고 다닐 판인데, 그에게 인생도 배운다.

그러니 그가 소중할 수밖에.

그와의 대화 끝에 머릿속이 개운하게 정리된 날, 고마운 마음을 한껏 담아 "천수 님 나한테 너무 소중하다! 업어 줄게. 내 등에 업혀요!" 하고 외쳤다. 그는 기꺼이 내준 내 등 뒤로 점프해 나를 찍어 눌러 바닥에 고꾸라지게 만들더니 이윽고 겨우 일어난 내게 허리후리기를 시연했다.

태어나 처음으로 당한 허리후리기 덕분에 고마운 마음은 산산이 부서졌다. 자신에게 너무 많은 애정을 쏟지 말라는 무언의 배려인가. 덕분에 바닥으로 고꾸라진 나는 그를 향해 눈으로 레이저를 쏴붙였다. "축구 엄마고 뭐고 가만 안 둬, 진짜."

이 다채로운 관계가 기껍다

남자와 여자는 친구가 될 수 없다고 말하는 세상에서 그와 나의 관계를 어떻게 해석할 수 있을까? 연인도 아니고 고용주와 피고용인도 아닌 데다가 핏줄로 엮이지도 않았는데 금요일 밤마다 함께 공을 차고, 서로를 '님'이라 부르며 존대하면서도 땅바닥에 패대기치는 허리후리기를 시전하며, 구장 안에 들어서면 듣도 보도 못한 데시벨로 서로에게 소리를 지르는 사이.

서로를 적당히 아끼지만 일정 거리를 적절히 유지하는 사이. 이 모든 것들이 통용되는 관계는 일반적인 관계망에 없을 테니 말이다. 이를 들은 개울어멈은 말했다.

"그런 관계, 한국 사회에서 엄청 희귀하고 소중하지 않아요? 웬만한 여성과 남성 사이는 잠재적 애인이라고 치부되는 판국이잖아. 너무 좋은 관계다. 마음껏 잘해 줘요."

우리는 세상이 생각하는 여자와 남자에서 벗어나 좀 더 다채로운 무언가를 만들고 있는 게 아닐까. 오해 살까 싶어 깻잎 한 장조차 떼 주지 못하는 강퍅한 세상에서, 주어진 성별을 벗어나 친구라는 하나의 가능성을 보여 주는 우리가 기껍다.

요즘 들어 자꾸 천수 님은 내게 "나도 너무 하수라… 이제 더는 알려 줄 게 없어요. 졸업하세요."라는 말을 반복한다. 그때마다 "싫어요. 나 천수스쿨 대학원까지 다닐 건데요!"라고 대꾸하곤 한다. 미안하지만, 졸업을 유보한다. 이 다채로운 관계를 조금이라도 더 길게 이어 나가고 싶다.

천수 님 집 앞에서 그를 기다릴 때마다 나는 마치 초등학생으로 돌아간 기분이다. 하교 후 친구네 앞에서 "○○야, 놀자! 놀이터 가자!" 소리치던 시절 말이다. 이번 주도 퇴근하자마자 그의 집 앞으로 달려가야지. 그 앞에서 "천수야, 놀자! 공 차러 가자!" 소리쳐야겠다.

조기축구회 아저씨들과의
날카로운 추억

아저씨 조기축구회에 가입하다

축구를 배우고 싶지만 방법을 몰랐던 시절, 집 근처에서 팀을 찾아보기로 했다. 지금이야 SNS에서 '여자축구' 등의 몇 가지 키워드로 검색하거나 네이버 카페 '모두의 풋살' 같은 곳을 뒤지거나 주변 축구 친구들에게 수소문하는 등 필요한 정보를 찾는 나름의 노하우가 생겼지만 당시에는 어떻게 팀을 구하는지 아는 게 하나도 없었다. 그저 포털 사이트에 '은평구 여자 축구 팀'이라고 검색해 보는 게 다였다.

그러다가 우연히 카페 한 곳에 올라온 신입 회원 모집 글을 발견했다. 집에서 차로 15분밖에 걸리지 않는 곳이었다.

"풋볼 팀 신입 회원 모집합니다. 여성도 무관. 신입도 무관. 지난주에 신입 회원 6명 오셨는데 6명 모두 가입했어요. 매주 수요일 밤 10시부터 12시까지."

이거다, 유레카! 여성도, 초보도 환영한다는 말보다 체험 온 모두가 바로 가입했다는 내용이 나를 설레게 했다. 따뜻한 사람들인가 보다! 조심스럽게 글 말미에 적혀 있던 오픈채팅방 주소를 클릭해 들어갔다.

채팅방 공지에는 여러 가지 약속을 적어 놓은 회칙과 회비 운영 내용 같은 것들이 적혀 있었다. 어디 보자, 가입비 한 달에 2만 원? 싸네? 두 시간이나 공 차는데? 축구 교실에 비하면 이건 거저야! 방에 입장하자마자 물었다.

"안녕하세요. 저 여성이고 초보인데 함께해도 괜찮은가요?"

"우리는 상관없습니다. 본인만 괜찮으면 오시면 됩니다."

분명히 자기네들이 괜찮다고 했겠다? 좋았어. 신이 난 나는 앞으로 일어날 일을 전혀 예상하지 못한 채 그 팀에 입성했다.

뭔가 잘못된 것 같다

드디어 수요일 밤 열 시가 찾아왔다. 긴장한 탓에 너무 일찍 도착한 나는 운전석에 앉아 동태만 살피다가 사람들이 하나둘 모일 때쯤 조심스럽게 내려 그들에게 다가가 인사를 건네었다. 나이대는 30, 40대쯤 되어 보이고, 서로 꽤 친밀한 게 느껴졌다. 그 사이에서 어정쩡하게 서 있자니 한껏 쪼그라들게 되었다. 지금 생각하면 그때 도망쳤어야 했다.

'나 지금 큰 실수한 것 같은데?'

구장에 들어서자마자 형광 핑크색 조끼를 건네받았다. 오늘 인원은 총 열여덟 명. 여섯 명씩 삼파전을 치른다고 했다. 마초 향을 폴폴 풍기는 주장은 팀원들에게 "오늘 인원수가 딱 맞으니 중간에 집에 가면 죽인다?"는 말을 농담이랍시고 했다.

문제는 당시에 나는 구력 한 달 차였고, 열여덟 명 중에 여자는 나 하나였다는 사실이다. 남자가 대부분인 줄은 알았으나 내 덩치 두세 배 남성 열일곱 명 사이에 여성 혼자 있는 상황은 상상도 못 했던 것이다! 이게 뭐지? 혼성 팀이라고 하지 않았나? 나 하나 여자면 혼성인 거야? 멘탈이 무너진 나를 아는지 모르는지 우리 팀 아저씨들이 빨리 오라고 성화였다.

"바로 게임해요? 훈련 같은 거 안 해요?"

"훈련이요? 그런 거 없어요. 얼른 들어와요!"

신입은 패스라도 가르쳐 주고 시작해야 하지 않나? 신입 환영이라며! 울며 따라 들어간 필드에서 나는 열일곱 명의 손흥민을 보았다. 저 몸놀림, 저 볼 컨트롤 능력 대체 뭐지? 그러니까 나는 그냥 아저씨들 조기축구회에 입성한 것이다!

그렇게 날아다니는 아저씨들 사이에서 진로 방해만 하다가 얼결에 공을 잡았는데, 열일곱 명이 동시에 나를 바라보는 게 느껴지면서 무서워서 공을 아무렇게나 내던졌고, 누군가 "풋" 하고 웃는 소리를 들어 버렸다. 그 자리에서 사라지고 싶었지만 마초 주장의 "중간에 가면 죽인다?"라던 그 말이 생각나 도망도 못 갔다.

아저씨들을 찾습니다

그렇게 어찌저찌 15분을 견뎠고, 쉬는 시간이 왔다. 우리 팀 벤치로 다가가니 나와 함께 뛴 아저씨 다섯 명이 기진맥진해 쓰러져 있는 모습이 눈에 들어왔다. 누구는 햄스트링이 올라오고 누구는 허벅지가 올라왔다며 앓는 소리를 했다. 당연하지, 6 대 5로 대결했으니. 반면에 나는 주로 서 있는 역할을

맡아서 숨이 하나도 차지 않았다. 그때 같은 팀 아저씨가 내게 말을 걸었다.

"못해도 좋으니까 자신 있게 해요."

"아, 네네. 그렇죠. 머리로는 압니다."

그 아저씨는 나를 한번 쓱 보더니 구석으로 끌고 가 속성으로 패스, 드리블, 슛을 가르쳐 주고 후반전에 재투입시켰다. 알고 보니 체육교육학과 출신이라고, 아동과 여성에게도 축구를 가르친 적 있다고 했다. 다음 주에도 나온다면 자기가 콘을 가져오겠다고 했다. 지금 생각하면 따뜻하고 고마운 제안인데, 당시에는 그냥 빨리 집에 가고 싶었다.

두 번째 투입 이후부턴 우리 팀 아저씨들이 나더러 내려오지 말고 골대 앞에 붙어 있으라고 했다. 심지어 한 골 먹히고 중앙 라인에서 다시 게임을 시작할 때도 "내려오지 마요!"라고 소리쳤다. 아저씨들이 배달해 준 공은 내 앞에 착착 와서 붙었다. 내가 드리블을 할 때 앞 수비가 잠시 난감해하더니 한 번에 빼앗아 버렸는데, 경기장 안팎에서 그를 향해 온갖 야유가 쏟아졌다.

누군가는 그에게 "막지 마! 막지 마아! 씨팔!" 하고 짧은 욕설과 함께 소리를 지르기도 했다. 물론 그가 막지 않았음에도 나는 똥볼을 찼다. 그다음부터는 내가 공을 가지면 경기장 내 모든 사람이 일시 정지 했다. 덕분에 두 골을 성공시켰고 하나도 기쁘지 않았다. 그날은 집에 돌아가자마자 그 오픈채팅방에 사과 인사를 올리고 꽁지 빠지게 퇴장하는 것으로 끝이 났다.

그분들에게는 내가 어떤 사람으로 기억될까? 나 이후로 '여성 회원은 못 받는다'가 회칙에 새로 올라갔을까? 지금이라면 내 발밑에 착착 배송되는 그 택배 크로스를 멋지게 골로 성공시킬 수 있을 것 같은데.

얼마 전 포털사이트에 해당 팀 이름을 검색해 보았지만 찾을 수 없었다. 그들을 만나 명예회복을 하고 싶은데. 혹시 그날 같이 공 찼던 축구 팀 여러분, 저 기억난다면 연락 주십시오. 이번엔 도망가지 않을게요. 정말이에요.

무산된
첫 풋살 대회

망할 놈의 코로나

우리 팀이 아마추어 풋살 대회에 출전하기로 결정했다는 소식을 들었다. 시합 규정상 팀에서 열네 명만 출전할 수 있었다. 나는 경기 경험이 거의 없지만 한번 참여해 보기로 했다.

최근에 경기를 뛰면서 느꼈는데, 나는 우리 팀 친구들과 게임할 때 좀 더 심하게 주눅 드는 타입이었다. 친구들 이겨서 뭐 해. 내게는 승리보다 내 친구들이 안 다치는 게 더 중요하다. 그래서 자꾸만 몸싸움을 피했고, 상대적으로 덜 진지해졌다. 이겨야 하는 상대가 분명할 때는 훨씬 마음이 반듯해졌다.

'대회라니 두렵지만 일단 한번 나가 보자. 거기에는 적(?)

도 수백 명쯤일 테니 긴장도 훨씬 많이 되겠지? 내 몫을 잘해야 할 텐데. 친구들에게 폐만 안 끼치면 좋겠다.'

문제는 하필 시합 나흘 전에 몸 상태가 순식간에 안 좋아졌다는 사실이다. 밤새 고열에 시달리고 오한이 들어 제대로 잠들지 못했다. 이불 속에서 끙끙 앓으면서 한 가지 생각만 했다.

'아, 대회 나가야 하는데 어쩌지? 주말 전에는 낫겠지?'

다음 날 아침, 올라가지 않는 눈꺼풀을 겨우겨우 들어 올렸다. 마음 같아서는 상사에게 연락해 '몸이 아파서 오늘 쉬겠습니다' 말하고 싶었지만, 인생의 유일한 교훈이 '성실'인 나는 그 몸을 이끌고 기어이 회사에 나갔다.

왜 하필 지금이냐고!

회사가 집에서 30여 킬로미터 떨어져 있어 자차로 한 시간쯤 이동하는데, 운전하는 내내 "아, 차 버려 버리고 갓길에서 쉬고 싶다. 그냥 이대로 누워 버리고 싶다."라고 중얼거렸다. 그렇게 기진맥진한 몸으로 출근하자마자 회사 동료인 연남도령에게 몸 상태를 공유했더니 그가 바로 대꾸했다.

"코로나 아니에요?"

"에이, 아니에요. 그냥 몸살이야. 나 주말에 풋살 대회 나가야 되거든요? 그러니까 코로나일 리가 없어요."

"그게 도대체 무슨 소리예요…. 코로나 자가 키트로 빨리 검사해 보세요."

연남도령의 성화에 화장실로 달려가 코를 찔러 봤는데, 미세한 두 줄이 보였다. 줄이 선명하면 깨끗하게 포기가 됐을 텐데, 아니라고 우기면 인정받을 정도로 미세했다(심지어 보건소 담당자조차 '이거 좀 애매한데요.'라고 말할 정도였다). 회사 사람들에게 역시 몸살감기 같다고 했다가 '잔말 말고 당장 집으로 돌아가라'며 회사 밖으로 쫓겨났다.

아, 나 진짜 코로나 아닌데. 그래도 쉬긴 쉬고 싶어서 검사 후 12시간 뒤에 결과가 나오는 보건소로 향했다. 코로나는 아니지만 정말이지 또 출근할 기운은 없다고 생각했기 때문이다. 보건소 검사 나올 때까지 조금만 더 쉬자. 쉬면 나아질 거야. 나는 감기에 걸린 거니까.

집으로 돌아와 누워 있었더니 열이 떨어졌다. 팀 친구들에게 코로나 걸리면 열 안 내리지 않냐, 나는 역시 코로나에 걸린 게 아니라는 말을 반복했더니 이런 대답이 돌아왔다.

"언니 지금 대회 나가고 싶어서 의지로 열 내린 거 아냐?"

웬걸. 친구들 말이 맞았다. 열은 두어 시간 뒤에 다시 마구 올랐고, 그날도 오한과 발열 때문에 쉽게 잠들지 못했다. 아침에 눈 뜨자마자 받은 보건소 문자에는 '코로나 양성'이 적혀 있었다.

'이럴 리가 없어! 왜 하필 지금이야! 내 첫 대회는 어떡하라고!'

주변의 안부를 물으며 살아 내는 하루

혼자 내적 울음을 토하다가 친구들에게 우울한 소식을 전했는데, 곧 회장 황소에게 문자가 왔다.

"이번에 언니가 활약할 것 같아서 엄청 기대했는데 아쉽다. 언니, 내가 약 타다 줄까?"

황소가 다녀간 집 앞 현관에는 코로나 약뿐 아니라 각종 인스턴트 죽과 햇반, 과일 등이 한가득 놓여 있었다. 뭘 이렇게 잔뜩 사 났냐고 물품 구매 비용은 얼마 들었냐고 묻는 내게 그는 "괜찮아, 힘들 때 서로 돕고 사는 거지."라는 말로 대신했다.

이후로 밥 잘 챙겨 먹으라며 팀 동료가 죽 선물을 보내 주었고, 기어코 출근한 나 때문에 전 직원이 코로나 검사를 받는 등 회사에는 한차례 폭풍이 지나갔지만 동료들은 내가 밉지도 않은지, 빨리 나으라며 각종 과일과 반찬 등을 보내 주었다.

하나의 상실은 다른 하나를 획득할 기회다. 비록 내 첫 대회 경험은 놓쳤지만 그보다 더 소중한 것들을 얻었다. 코로나는 나를 대회에 못 나가게 만들고 일주일간 집 안에 고립시켰지만, 내 주변 사람들은 '우리는 연결된 존재'임을 알려 주었다.

축구 친구들과 대회에서 함께 뛰겠다는 의지 하나로 잠깐이나마 고열을 잠재운 나도, 지나가는 길도 아닌데 굳이 약과 비상식량을 구비해 전해 준 친구 황소도, 물리적으로 떨어져 있지만 내 걱정에 각종 선물을 보내 준 축구 친구와 회사 동료들도, 서로가 있어 그 순간을 견뎠다. 우리는 이렇게 주변의 안부를 물으며 하루를 살아 내는 것이다.

물론 첫 대회를 놓친 건 많이 아쉽다. 하지만 인생은 기니까, 다음번에는 꼭 건강한 모습으로 대회에 함께해야지. 더는 아프지 말고 꾸준히 내 주변 동료들과 축구 인생을 이어 가야겠다는 새로운 목표를 다짐한다.

'원팀'의 정의를
직관하다

먹는 건 나이뿐

일반적으로 문화생활의 주축은 20대 후반에서 30대 초반으로, 축구를 즐기는 여성들의 주 나이대도 이와 비슷하다. 반면에 나는 어떤가. 축구를 시작한 지 1년, 이제는 30대를 지나 40대로 향하고 있다. 대통령의 공약 이행으로 마흔이 될 시기를 유보했으나 그렇다 해도 문화생활의 주류 나이대를 한참 지났다. 일할 때는 나이로 스스로나 타인을 재단하지 않고 살았는데, 지금은 수시로 내 나이를 생각하고 남의 나이를 부러워한다.

체력도 실력도 미약한 주제에 나보다 어린 친구들 사이에서 고군분투하는 나를 보고 술탄은 이야기했다.

"스스로 마흔이라는 걸 받아들이면 편해져요. 마흔이란 말이에요, 늙은 사람들 중에서 제일 젊은 사람이란 말이죠. 그러니까 젊은 애들 사이에서 제일 늙은 사람 취급 그만 받고, 늙은 사람들 사이에서 제일 젊은 사람 해요. 지금이야 못하면 어린 친구들한테 미안하고 염치없겠지만 40, 50대 팀 사이에 들어가 봐, 엄청 사랑받을걸요? 언니들이 물고 빨고 난리 날걸?"

그렇다면 나는 지금 맞지 않는 옷을 억지로 껴입으려 노력하고 있는 것인가? '다이어트하면 언젠가 이 옷을 입을 수 있을 거야(내가 노력하면 언젠가 축구를 잘할 수 있을 거야).' 스스로를 세뇌하면서 못 내려놓는 사람일까?

부상에 부상, 또 부상

이런 생각을 하게 된 계기는 간단하다. 몸이 자꾸 아프기 때문이다. 아무리 에너지를 많이 쓰고 부상이 잦은 운동을 취미로 삼았다지만 그 어떤 몸싸움도 없었는데 뛰지 못할 거라고는 생각하지 못했다. 처음에는 종아리가 아팠는데 나중에는 발목이, 마지막에는 발바닥 통증으로 발을 땅에 디딜 수조차 없게 되었다.

반면에 다른 친구들은 매일같이 공을 차도 별로 힘들어 보이지도 않는 것이다. 이것이 나이의 문제인 거겠지? 공을 만진 지 1년. 기념으로 마음껏 뛰어다니고 싶었으나 나는 그저 침대 위를 점령할 뿐이다. 이것이 바로 진정한 침대 축구….

회복이 더딘 다리를 보며 자꾸만 '내가 괜히 친구들 따라가다가 가랑이 찢어진 것 같아' 생각하던 차에 술탄의 저 한마디가 마음에 깊이 박혔다. 그래, 거꾸로 생각해도 열 살 넘게 나이 많은 언니가 제대로 뛰지도 못하면서 자꾸만 '같이 놀자' 쫓아다니면 방해꾼 같겠지. 그래, 그럴 수 있어.

축구 인생을 가다듬고 삶을 재정비하기 위해 팀을 나와 당분간 재활에만 신경 쓰기로 했다. 주 3회 한의원에 출근 도장을 찍고, 안티푸라민이라는 소염제 연고로 수시로 다리를 마사지하며 염증을 제거한다. 다 나을 때까지 축구는커녕 헬스, 걷기 운동까지 일체 그만두었다.

한의원에서 그러는데, 스트레칭도 폼롤러도 다 안 좋고, 그냥 가만히 있으라고 한다. 낫겠답시고 뭔가를 열심히 하려다가 더 나빠져 온다고. 그래서 밥만 많이 먹는 중이다. 고기든 밥이든 눈앞에 있으면 계속 입안으로 넣는다. 먹어야 체력이 생기고, 그래야 부상도 빨리 회복되지 않을까 싶어서. 덕분에 얼굴이 통통해졌다.

좋은 대안이 생겼다

다만 한 가지 걱정이 생겼다. 실력이 순식간에 사라질까 봐. 지난 한 달간 자꾸만 머릿속에 〈슬램덩크〉에서 강백호가 산왕공고와의 경기에서 등 부상을 당했을 때 한나가 한 말이 떠올랐다.

"이 아인 불과 4개월 만에 놀랄 정도로 엄청난 실력을 쌓았어. (…) 만일 치료와 복귀에 시간이 걸린다면, 플레이를 오랜 시간 동안 하지 못한다면 배운 것을 잃어 가는 것도 빠를 거야. 이 4개월이 마치 꿈이었던 것처럼."

강백호만큼은 아니지만 나 또한 지난 1년간 눈부시게 성장했는데, 나의 1년이 꿈처럼 사라지면 어쩌지? 나 이대로 시나브로 은퇴하게 되면 어떻게 해? 5060 언니들 사이에서 재롱도 못 부려 보고 이렇게 사라지는 거야?

그때 번뜩 좋은 생각이 났다. 몸으로 익힐 수 없다면 머리로 익히면 된다. 다리 하나 까딱할 수 없는 상황에서도 내 눈만큼은 건강하다. 그래서 최대한 많은 축구와 풋살 플레이들을 눈에 담으며 공부하기로 했다.

유튜브를 켜고 '한국풋살연맹' 동영상을 훑었다. 마침 두 개의 리그가 진행 중이었다. 드림리그와 슈퍼리그. 아는 팀이 하나도 없어서 연고가 있는 팀 위주로 살펴보았다. 드림리그에서는 거주한 경험이 있는 고양불스풋살클럽의 경기를, 슈퍼리그에서는 현재 거주지 팀인 서울은평ZD스포츠의 경기를 주로 관람했다.

그러다 보니 자연스럽게 에이스들이 눈에 띄고, 이름을 알고 나니 경기가 좀 더 흥미로워졌고, 각 선수의 주특기도 보인다. 나중에는 응원하는 선수도 생겼다. 노원선덜랜드FS(지금은 고양불스풋살클럽으로 이적했다)의 서원권 선수, 내가 많이 좋아해요.

프로 선수들의 플레이를 직접 보고 싶어서 서울 은평에서 제천까지 다녀왔다. 그리고 눈앞의 멋진 플레이들이 펼쳐지는 순간, 아끼는 선수들이 더 많이 생겨 버렸다.

서로를 치하하는 다정한 팀

무엇보다 그들을 보며 분명한 것을 깨달았다. 슈퍼리그 마지막 경기인 경기LBFS와 구미FS의 경기에서였다. 경기LBFS 팀 선수들이 경기 전 단체 사진을 찍을 때 부상으로 부재한 다른 선수의 유니폼 등 번호를 눈에 띄게 들고 찍는 모습이 눈에 들어왔다. 그 옆에 구미 팀에서는 은퇴하는 백전노장의 마지막을 치하하기 위해 플래카드와 함께 사진을 찍는 모습이 보였다.

그러니까 팀이라는 건 부상한 선수를 유니폼으로나마 기려 주고, 마지막 경기를 뛰는 동료의 '유종의 미'를 위해 박수를 쳐 주는 것이구나. 저런 팀을 내가 만난다면 나이가 많다고 짐스러울까 봐 걱정하고, 나이가 적고 젊다고 예쁨받는 상황을 기대할 필요가 없겠구나. 그냥 나이도 상황도 실력도 다 잊고 동료라는 이유만으로 서로를 치하하는 원팀, 그들은 실력뿐 아니라 태도도 프로였다.

경기LBFS 팀 에이스이자 주장인 신종훈 선수가 패스 미스로 공을 놓쳤을 때, 짜증 섞인 표정으로 고개를 떨어뜨리는 그에게 한 동료가 손뼉을 치며 그의 눈을 똑바로 보고는 외쳤다. "괜찮아, 잘했어!" 그를 믿고 응원하는 동료 덕에 그날 그는 기록될 만한 원더골을 성공시켰다.

구장 안에서도 이런 이들을 만나고 싶다. 나이도 학력도 실력도 다 무관하게 그저 서로에게 애써 친절한 팀. 누군가 무너지면 멘탈을 잡아 주고, 부상 등의 어려움에 처한 이를 차분히 기다려 주는 팀. 공이 발에만 맞아도 애써 "나이스!" 소리쳐 주고 박수 쳐 주던 나의 팀 친구들의 그 따뜻한 순간들을 오래오래 마주하고 싶다.

○

지속 가능한
운동 생활

직관하는 나날들

눈이 즐거운 요즘이다. 공을 차는 경기라면 어디든 무조건 다 찾아다닌다. 지난 일요일에는 남성 풋살 경기인 FK슈퍼리그 마지막 경기를 직관하러 제천에 있는 풋살구장에 다녀왔다. 그다음 주 화요일에는 남자 축구 국가대표팀 경기를 직관했다. 같은 주 금요일, 여성 축구 리그인 WK리그 개막을 맞이했고, 상암 월드컵경기장에서 서울시청 대 경주한수원의 경기를 관람했다.

풋살 경기든 축구 경기든, 남자 경기든 여자 경기든 상관없다. 풋살은 스피드가 빠르고 화려한 개인플레이가 많아 보

는 눈이 즐겁고, 축구는 드넓은 경기장에서 다 함께 응원의 목
소리를 높이는 재미가 있다. 남자 축구에서는 무적의 피지컬
과 거친 플레이를 눈에 담아 가고, 여자 축구를 볼 때는 성별이
같다는 이유만으로 나도 저런 화려한 플레이를 할 수 있을 것
만 같은 희망을 품는다(물론 할 수 없다).

같이 경기를 관람하러 간 희라에게 물었다.

"일주일에 세 번씩 축구 직관하는 이런 나, 어떤 것 같아?"

"언니는 축미녀야. 축구에 미친 여자."

요즘에는 '미쳤다'는 표현이 긍정적인 상황에서도 많이 쓰
이니까, 칭찬해 준 거겠지?

남자보다 축구가 좋아

일 외에는 축구밖에 없는 요즘이다. 심지어 예능도 축구
예능인 〈골 때리는 그녀들〉이나 〈뭉쳐야 찬다〉 같은 방송만 보
고, 유튜브도 한국풋살연맹 등 각종 축구와 풋살 콘텐츠 위주
로 두루 살핀다. 심지어 이 글조차 축구에 대한 글 아닌가? 물
론 취미에 둘러싸인 매일이 충분히 즐겁지만 삶의 균형이 깨
진 것 같아 마음 한쪽이 불안하기도 하다.

얼마 전, 내게 호감을 느낀 이성이 다가온 적 있었다. 그는 저녁마다 "지금 뭐해?"를 물었고, 나는 연거푸 "축구해."라고 대답했다. 그가 "지금 만날래? 그쪽으로 갈게."라고 말을 걸 때마다 피곤하거나 귀찮았다.

이미 축구에 모든 에너지를 쏟아부었는데, 운동 끝나고 만나자고? 무엇보다 이성보다 축구가 더 좋았다. 결국 나는 그에게 "미안해. 나는 아직 누굴 만날 준비가 안 된 것 같다."라는 말을 건네었다.

"괜찮아. 나도 축구하는 여자 별로야."

뭐라는 거야. 나도 축구 안 하는 남자 별로거든! 그렇게 그와의 관계는 정리되었다.

그가 건네던 친절들은 이미 기억에서 멀어졌는데, 시간이 지나도 그 마지막 비난의 말은 쉽게 잊히지 않는다. 애인을 PC 방에 데려가 옆에 한참 앉혀 놓고 주구장창 본인 좋아하는 게임에 집중하는 남성, 조기축구나 낚시, 야구 경기에 참가하느라 주말 내내 밖으로 나도는 남편을 원망하며 집에서 혼자 아이를 돌보는 아내 이야기를 들을 때마다 '저런 남자와 대체 왜 만나' 중얼거리며 혀를 끌끌 찼는데, 이제는 내가 그런 사람이 되어 버린 것이다! 차이점이 있다면 나는 아예 이성을 곁에 두지 않고 축구만 찾아다닌다는 것 정도?

축구와 삶의 균형을 위하여

남들은 '워크 앤 라이프 밸런스', 일명 워라밸을 고민한다면 나는 '축구 앤 라이프 밸런스', 즉 축라밸을 생각해 볼 때가 온 것 같다. 지속 가능한 삶을 위해서, 앞으로 오래오래 달리려면 지금부터라도 축구와 삶의 균형을 맞춰야겠지.

흔히 워라밸이 깨진 사람들은, 처음에는 일이 좋아서, 일에 집중하다가 생긴 결과였을 것이다. 세상 만물 가운데 그나마 내 마음대로 움직이는 게 '일' 아닌가. 부모도 자식도 연애도 결혼도 돈도 명예도 그 무엇도 내 뜻대로 되지 않는 세상에서 일만큼은 노력에 대한 보상이 어느 정도 따라온다.

그러다 보니 자꾸만 일에 집중하게 되고, 집중하다 보니 성과가 생기고 승진도 하고 연봉도 오르고, 인정받는 게 좋아서 다시 일에 집중하고. 이 사이클에 중독되면 관계든 건강이든 삶에 이상이 오는 것이다. 나 역시 축구에 있어선 마찬가지였다.

한 정신건강의학과 전문의에 따르면, 워라밸을 지키기 위해서는 ①일과 삶 사이에 경계선을 확실히 긋고 ②근무에 대한 통제력을 높이며 ③건강을 지키고 ④회복력과 수면의 질을 높여야 하며 ⑤우선순위를 챙기라고 한다.

이를 축라밸에 적용해 보면 어떨까? ①일과 축구, 휴식의 경계를 확실히 정하고 ②일주일에 세 번, 여섯 시간 이상 공을 차지 않는다(더 줄일 순 없어!). ③축구 시간을 줄여 건강을 챙기며 ④축구가 끝나면 충분히 휴식하고 수면하며 ⑤축구를 줄인 시간을 그 외 인간관계와 우리 집 반려 고양이에게 할애한다.

처음에는 축구를 줄이는 삶이 걱정되기도 했다. '나 이거 빼면 남는 게 아무것도 없는데' 싶어서. 축구를 좋아하는 마음을 줄일 수 있을까(그거 어떻게 하는 건데)? 이제는 안다. 오래 함께하려면 천천히 가야 할 때도 있다는 사실을, 축구를 덜 하는 게 축구를 덜 좋아한다는 의미는 아니라는 사실을.

워라밸을 생각하는 이들은 사실 일을 그만큼 사랑하는 것이다. 더 오래 계속 일하고 싶어서, 근근이 지속하겠다는 결론을 내린 것이다. 나 역시 더 오래 계속 축구하고 싶어서, 근근이 지속하는 축라밸을 약속하기로 한다. 축구왕으로 가는 길은 조금 더 멀어졌지만, 길게 보면 이는 돌아가는 길이 아닌 정석으로 향하는 방법이다.

고개를 들면 비로소 보이는 것들

고개가 땅으로 향하면 땅'만' 보인다

축구 초보에서 벗어나는 첫 단계가 무엇이라 생각하는지 묻는다면 '시야'라고 대답하겠다. 큰빛 코치님이 그러더라. 공을 받고 나서 어디다 줄지 생각하지 말고, 공이 내게 오기 전부터 줄 곳을 이미 결정해 놓아야 한다고. 초보를 넘어선 사람들은 경기장 내 자기편 위치를 체크하는 습관이 몸에 익어 있다. 그 정신없는 찰나의 순간에 미리 판단할 정도로 시야가 확보되어야 한다는 이야기겠지.

내 드리블 치는 모습을 볼 때마다 코치님은 다가와 묻는다.

"지금 아주 잘했어요. 그런데 딱 한 가지, 잘못한 게 뭔 줄 알아요?"

정답은 하나다. 바로 고개를 들지 않는 것. 드리블에 집중하느라 공만 바라보고 달리는 것이다. 공만 쫓아가다 보니 시야가 지나치게 좁아서 내 편도, 상대편도 눈에 들어오지 않는다.

한번은 경기에서 킥인을 시도할 때였다. 시간은 자꾸 가는데 공이 계속 우리 진영에서만 노니까, 마음이 급한 나머지 앞쪽 공격수를 향해 냅다 공을 차 버렸다. 그렇게 뻥 차인 공은 상대편 진영 중간 어딘가에서 끊겼고, 다시 우리 쪽으로 넘어오기를 반복했다. 전반전이 끝나고 쉬는 시간에 코치님은 나를 앞에 세우더니 속사포처럼 말을 쏟아 냈다.

"왜 자꾸 앞으로만 차는 거예요? 뒤에도 있잖아요. 바로 옆에 우리 편 수비도 비어 있었고, 골키퍼도 있잖아."

나중에 경기 영상을 봤더니, 코치님이 킥인을 시도하려는 나를 "지은! 지은!" 하고 간절히 부르고 있었다. 반대편 끝에 있던 나는 공만 보느라 그 소리조차 듣지 못하고 냅다 앞으로 차 버리더라. 순간 잠시 할 말을 잃은 코치님은 가만히 생각하더니 다른 수비수에게 "가만히 있지 말고 (패스) 달라고 해요."라고 말을 건다. 그 모습을 보고 있자니 낯이 뜨거워졌다.

'고개를 들지 않으면 시야는 물론 귀까지 닫히는구나.'

이후에도 킥인할 때면 '뒤에도 있다'는 그의 말이 자꾸 맴돈다. 나는 왜 앞만 볼까. 뒤도 있다는 사실을 인지한다면 좀 더 여유롭게 플레이 할 줄 알게 될 텐데.

목표 세우기보다 더 어려운 것은

사실 지금껏 세상 모든 일을 그렇게 해 왔다. 남들은 목표 세우기조차 어렵다는데, 나는 목표를 세워 이루기까지 힘들거나 어렵다고 느낀 적이 거의 없다. 기본적으로 욕심이 없기 때문이기도 하지만, 어떤 일이든 노력으로 어느 정도 커버할 수 있다고 생각하기 때문이다.

하나에 꽂히면 그 분야만 깊이 파고들고, 원하는 바가 생기면 어떻게든 손에 넣는다. 사내에서 독서 리뷰왕을 뽑는다는 공지가 떴을 때, '저 타이틀, 내가 가지겠어' 생각해 버렸고 결국 1년에 책 리뷰를 100개씩 써서 3년 연속 리뷰왕을 거머쥐었다.

"춤출 줄 모르는 이는 언어 하나를 잃어버린 세계에 사는 것"이라는 정연두 안무가의 발언에 감화되어 벨리댄스를 시도했고, 춤춘 지 2년 만에 스승에게 스카우트 제의를 받기도 했다. 그러니 축구왕? 그까짓 것 내가 결심만 하면 달성하지. 기다려라. 조만간 되고 만다.

다만 그 하나를 뺀 나머지는 전부 관심에서 놓아 버린다는 게 문제다. 사내 리뷰왕에 도전했을 때 나는 모든 여가 시간을 독서와 글쓰기에 할애했다. 춤꾼이 되겠다고 결심했을 때에는 퇴근하면 무조건 헬스장 아니면 벨리 강습소만 들락거렸다. 저녁밥도 안 먹고 운동만 하다 보니 나중에는 자연스럽게 배에 복근이 생겨 벨리댄스 강사에게 "복근 있는 벨리댄서가 어디 있냐!"라고 구박받기도 했다.

그렇게 달성한 리뷰왕과 춤꾼이라는 타이틀이 나에게 어떤 변화를 가져다주었을까. 잘 모르겠다. 리뷰왕으로 탄 백화점 상품권 몇 장과 벨리댄스 강사의 등쌀에 못 이겨 나갔던 아마추어 벨리댄스 대회에서 부상으로 받은 플라스틱 김치통 세트가 전부다.

고개를 들어 여유를 찾자

성과를 달성했을 때 오는 뿌듯함은 분명 존재한다. 그러나 그와 별개로, 해당 시기는 목표에 함몰되어 기울어져 버린 균형에 삶이 무너지기 시작한 때이기도 했다. 당시의 나는 집과 가족인 고양이와 나를 돌보지 않았다. 고양이는 외롭다며 자꾸만 울었고, 집은 '자는 곳'으로 변해 버렸다. 그때 내가 고개를 들고 삶을 돌아볼 여유를 가졌다면 어떠했을까. '지금 이거 잘못된 방향이구나' 느끼고 다른 쪽으로 몸을 틀었을지도 모르겠다.

앞만 보고 달리면 자칫 주저앉았을 때 이른바 '현타'가 너무 세게 온다. 그럴 때는 주어진 문제에 집중하지 말고 고개를 들자. 인생이든 축구든 이제 나는 뒤로도 패스할 줄 아는 사람이 될 것이다. 그렇게 시야를 넓히다 보면 축구는 물론 인생에서도 '초보' 티를 벗어날 수 있지 않을까?

○○○④○○

그라운드에서 발견하는

또 다른 나

○

사주에 적힌 대로
사는 법

보고 싶은 것만 보기

앞서 MBTI 얘기를 잠깐 하긴 했지만, 사실 혈액형이나 사주, MBTI 등 이른바 성격을 가늠하는 테스트를 잘 믿지 않는다. 사람을 몇 가지 유형으로 나눌 수 없다고 생각한다. 어제의 나와 지금의 나, 심지어 한 시간 전의 나와 한 시간 뒤의 나도 기분에 따라 내향적으로 되었다가 외향적으로 변하고, 또 이성적이었다가 감성적으로 돌아서기도 하니까.

테스트를 신뢰하지 않아도 선호하는 성향은 있다. 그래서 마음에 드는 결과가 나올 때까지 검사하고 또 검사한다. 언젠가 인터넷에 떠돌아다니는 MBTI 검사를 했더니 ESTJ가 나왔다. 내가 선망하는 연예인인 개그우먼 송은이와 똑같은 MBTI다. 보자마자 생각했다. "오, 앞으로 나는 계속 ESTJ 해야지." 이 글을 쓰기 전에 다시 한번 해 본 MBTI 검사에서 ESFJ가 떴다. 하지만 나는 ESTJ가 마음에 들기 때문에 바꾸지 않겠어.

사주도 마찬가지다. 나로서는 닥치지도 않은 일들을 내 생년월일만 보고 알아낼 수 있다는 게 믿어지지 않는다. 나와 같은 생년월일, 출생 시간대에 대한민국 서울에서만 수십 명은 태어났을 텐데, 모두 같은 운명을 타고났다는 건 너무 비현실적이지 않은가.

그래서 사주에서도 보고 싶은 것만 보기로 했다. 내 사주에 따르면 나는 일도 오래 하고 47세부터 인생이 풀려서 먹고살 걱정은 안 해도 된다고(돈방석에 앉는다고) 한다. 주변에 귀인도 많고 어딜 가도 천대는 안 받는단다. 앞으로의 10년만 잘 닦아 놓으면 이후로는 탄탄대로라고 한다.

이거 엄청 좋은 사주잖아? 그러고 보니 백만장자 중에 ESTJ가 많다던데, 사주까지 이래 버리니 아무래도 나 잘될 운명인가 보다. 이 사주는 믿어야겠다.

"자긴 가만히 있으면 왕이 될 상이야"

다만 사주에 따르면, 화火 기운만 세 개나 타고나서 발산하는 에너지가 많다. 그래서인지 오지랖이 넓어 많이 나서고 발화도 많단다. 사주를 봐 준 분은 말했다.

"자기는 말조심해야 해요. 가만히 있잖아? 그러면 왕이 될 상이야. 누구든 자기를 도와주지. 화나는 일이 생기면 속으로 3초만 세 봐요. 하나, 둘, 셋. 그다음에 말해요."

내가 왕이 된다고? 영화 〈관상〉의 수양대군도 아니고, "내가 왕이 될 상인가?" 외쳐야 할 판이다. 현실감 없게 느껴지지만 좋은 사주를 믿으려면 주의할 점도 받아들여야겠지. 기다리자. 3초가 긴 시간도 아니지 않나. 이후로는 사람들에게 "나 조만간 왕이 될 거거든요? 그러니 나한테 잘 보여요."라고 말하고 다녔다(입조심하랬건만).

사주에 나온 주의할 점을 새기다 보니 나는 꽤 많이 변했다. 누군가 말도 안 되는 이야기를 건네면 '발끈'해서 스프링처럼 튀어나와 반격하던 내가 두 손을 꼭 쥐고 속으로 '하나, 둘, 셋'을 센다.

얼마 전에는 한 독자가 전화를 걸었다. "책 인쇄 상태 때문에 전화했는데요."라고 운을 뗄 때는 그는 목소리부터 화를 낼 준비를 하고 있었다. "구매 서점에서 교환하시면 돼요."라는 내 말에 "내가 책을 엄청 많이 사는데 이렇게 형편없는 인쇄 상태는 처음 본다."라고 목소리를 높였다.

가만히 듣고 있던 나는 속으로 조용히 하나, 둘, 셋을 센 다음에 대답했다. "네. 서점에서 환불하세요." 그는 혼자 열을 내더니 전화를 확 끊어 버렸다. 그가 주는 화를 3초 뒤에 돌려주었으니 그는 그 화를 스스로 받았을 것이다.

축구와 사주가 내게 하는 말

기다릴 줄 안다는 건 결국 내 자리를 지켜서 이겨 내는 게 아닐까. 얼마 전에는 생초보 시절에 처음으로 팀에서 경기하던 영상을 다시 찾아보았다. 그 영상 안에는 기다릴 줄 모르고 자꾸만 상대 다리 밑으로 발을 뻗어 대는 내가 있었다.

상대는 내가 발을 뻗는 순간을 노려 순식간에 제치고 골대 쪽으로 뛰어들어 나를 허수아비로 만들어 버렸다. 왜 저렇게 덤볐을까. 이기지도 못할 거면서, 자괴감만 쌓이게.

기다릴 줄 모르고 자꾸 덤비는 건 내 사주 탓이 아니라 초보들의 습성이다. 마음이 조급해지고 빨리 무언가 이루어내고 싫어 하는 마음. 언젠가 친구 별로에게서 드리블 후 아웃사이드로 수비를 제치는 공격법을 배우던 때였다. 수비를 서 주던 별로의 박자를 나도 모르게 따라가게 되었다. 그 모습을 보던 별로가 말했다.

"축구는 타이밍 싸움, 박자 싸움이에요. 상대 박자를 따라가면 어떻게 해. 남 박자 따라가지 말고 자기 박자와 타이밍을 지켜야지."

그러게. 유튜브 크리에이터인 박막례 할머니도 인생의 비밀이라며 "남의 박자에 맞추지 말고 네 박자에 맞춰. 네 박자가 맞는 박자야."라고 했는데, 이게 여기에도 적용되는구나. 남의 박자에 춤추지 말고 내 타이밍이 올 때까지 기다려야 한다.

노련한 공격수는 수비가 발을 뻗을 때를 노린다. 훌륭한 수비수는 공격수를 구석으로 몰아넣어 결국 못 견디고 드리블을 칠 때, 공이 공격수 몸에서 떨어지자마자 등을 져 공을 빼앗는다.

축구도, 사주도, 내 인생마저도 모두 기다림을 말한다. 마음만 앞선다고 해서 이루어지는 것은 아무것도 없다. 해결법은 시간만이 알고 있다. 다행인 점은 3초만 참으면 내 마음도, 상황도 바뀐다는 것이다. 자신의 박자와 타이밍이 올 때까지 참으면 반전이 일어나고 이내 나는 내 삶의 왕이 될 것이다.

○
'축린이'라
부르지 말아요

나의 첫 대진 상대

대학 시절, 매일 아침이면 농구공을 들고 코트로 달려 나가던 남자 선배가 하나 있었다. 농구를 할 줄은 몰라도 3 대 3 또는 5 대 5로 이루어지는 경기라는 상식쯤은 있던 나는 그에게 "혼자 거기 가서 뭐 하냐"고 물었다. 그는 말했다.

"코트에 가면 나처럼 혼자 온 사람들이 있어."

당시에는 난생처음 본 사람들과 자연스럽게 몸을 부대끼는 세계를 상상할 수 없었다. 그렇게 짧지만 친밀한 시간을 보낸 이후로는 상대와 그 어떤 유대 관계를 형성하지 않는 것 또한 의아했다. 두 시간만 함께하는 관계라니. 친구라기엔 너무

멀고 이방인이라기엔 이미 안면을 튼 사이. 이런 관계를 어떤 단어로 표현할 수 있나.

지금은 잠시라도 함께한다면 그 또한 소중한 인연임을 안다. 짧은 순간이었지만 즐거웠으니 그것으로도 충분하다. 빈 풋살장에서 혼자 공을 차고 있는 내게 슬금슬금 다가와 "같이 게임하실래요?"라고 묻는 이들을 몇 번 만났다. 그들은 한결같이 남성이었으나(혼자 공 차러 온 여성은 지금껏 딱 두 명 봤다), 연령대는 초등학생부터 40, 50대 중년까지 다양했다. 그 때마다 나는 기꺼이 "제가 껴도 돼요?"라는 말과 함께 해맑게 웃었다. 우리는 경기를 함께했고, 헤어질 때 "다음에 또 봬요."라고 인사하지만 아마도 다음은 없으리라.

생판 남인 이와 처음으로 대결을 벌인 곳은 실내 풋살장이었다. 친한 친구들과 토요일 오전 풋살장을 빌려 함께 공을 차고 있었다. 다음 타임이 초등학생 대상 축구 교실이었는데, 그날따라 해당 수업 학생들이 일찍 도착해 구장 바깥에 옹기종기 자리 잡고 우리를 구경하고 있었다. 그때 그 수업 코치님이 한 가지 제안을 했다.

"저희 애들이랑 게임 한번 하실래요?"

나이를 물어보니 제일 어린 이가 초등학교 2학년이라는 대답이 돌아왔다. 키는 내 반밖에 안 되고, 4호짜리 풋살공이 그 친구들 머리보다 클 것 같았다. 어른이 아이들에게 이래도 되나? 혹시라도 다치게 하면 어떻게 보상하지? 쭈뼛거리는 우리에게 축구 교실 코치는 "배우는 게 많으실 거예요."라는 말과 함께 시합을 강행했다. 그렇게 성인 넷과 초등학생 10여 명의 경기가 시작되었다.

그 코치의 말이 맞았다. 아이들의 키가 작다 보니 속도도 느리고 체력이나 몸싸움도 밀렸지만 볼 컨트롤 능력과 상대 친구를 보고 패스 길을 찾는 시야, 기회가 왔을 때 보이는 침착함 등은 나보다 나았다. 그들과 한 경기 영상을 본 별로는 말했다.

"이건 뭐… 그냥 지은 님이 몸으로 밀어붙여 겨우 대등하게 만든 것 같은데요."

사실이었다. 처음에는 "아이고, 귀여워."라는 말과 함께 시작한 우리는 막판에는 아이들의 몸놀림에 놀아나느라 체력을 다 소진해 기진맥진하고 있었다. 어리다는 이유로 무시할 이유가 없는데, 무슨 자신감이었을까.

'○린이'라는 말이 잘못된 이유

가끔 유튜브 쇼츠나 인스타그램 릴스(1분 가량의 짧은 동

영상)에 '잼민이(초등학생을 가리키는 속어)에게 ○○○ 가르쳐 주기'라는 제목의 영상들이 뜬다. 미숙한 이를 초등학생으로 상정하고, 그의 질문에 적당한 대답을 해 주는 내용이 주를 이룬다. 영상은 보통 남자아이의 목소리로 시작한다. "형, ○○○ 하는 법 알려 주세요!" 곧이어 형으로 추측되는 성인 남성의 목소리가 등장하며 각종 스킬들을 가르친다.

이때 꼭 그 '잼민이'는 맥락 없는 말로 남성을 자극하고, 그때마다 '형'은 어린아이를 향한 농담 섞인 무시나 비하 발언으로 상대의 말을 가볍게 이겨 버린다. 이 패턴이 늘 등장하는 것 보면 소비자들에게 꽤 잘 먹히는 농담인가 보다. 반면에 그 기술을 익히기 위해 해당 콘텐츠를 들여다보는 나는 그때마다 그 아이가 되어 함께 무시당하는 기분이 든다. 내가 그 '잼민이'라는 표현에 해당하는 연령대는 아니지만 그가 말하는 '초보자'에 속하기 때문이다.

많은 이가 내게 '풋린이'라 말한다. 한번은 한 유명 풋살 대회에서 개최한 초보자 대회를 나간 적이 있다. 이름은 바로 '풋린이 대회.' ○린이가 국가인권위원회에서 지정한 아동 비하 발언이라는 사실을 모르더라도 공식 대회 이름에 이런 신조어를 사용하는가? 마침 우리 팀 SNS에서 대회 소식을 본 한 지인이 메시지를 보냈다. "풋린이라는 표현을 쓰셨던데 지은 님네 팀에서 그런 말을 쓰시다니… 아실 만한 분이라 좀 놀랐어요. 수정하시면 안 돼요?" 대회 공식 이름이라 어쩔 수 없이 적었다고 대답했지만 뒷맛은 씁쓸했다.

　　많은 이들이 자신이 초보임을 가리킬 때 뒤에 '○린이'를 붙인다. 골프 초보는 '골린이', 주식 초보는 '주린이', 요리 초보는 '요린이' 등 다양한 분야에서 입문자를 어린이에 빗대어 표현한다. 어린이는 미숙하고 불완전하다는 편견이 깔린 이 표현을 볼 때마다 나는 함께 공을 찼던 초등학교 2학년 아이들의 얼굴이 떠오른다. 그 아이들이 진지하게 스포츠에 임하는 모습을 보더라도 그들 앞에서 '잼민이' 또는 '축린이'라는 표현을 쓸 수 있을까? 조금 일찍 태어나고 더 익숙하다는 사실이 왕관이 될 수 없듯이, 처음 접하고 어리다는 게 무시당할 조건이 되어서는 안 된다. 우리는 나이와 성별을 떠나 그저 하나의 스포츠 아래 함께 공을 차는 사이일 뿐이니까.

남자들은 '축구하는 여자'에게 늘 같은 질문을 한다

왜 내 취미에 '우와'가 붙는가

남성과 대화할 때 내 취미를 '축구'라고 밝히면 대부분 비슷한 대화가 오간다.

"우와, 축구하는 여자분은 처음 봐요(또는 그런 취미를 삼다니 대단해요)", "골때녀(축구 예능 프로그램 〈골 때리는 그녀들〉) 보다가 시작하셨나요?", "혼성으로 뛰나요? 여자 팀이 있다고요?"

보통은 그 질문들에 성심성의껏 대답해 주는 편이다. "아, 제 주변엔 축구하는 여자가 엄청 많은데 처음 보신다니 저도 신기하네요", "아뇨. 골때녀 애청자이긴 한데 그거 보고 시작한

건 아니고요", "혼성은 아니고 여자 팀에 속해 있어요." 그런데 하도 같은 질문을 반복해 받다 보니 이제 조금 지치기 시작했다.

그들이 자꾸 같은 질문을 하는 이유는 어쩌면 정말로 축구하는 여자를 보지 못했기 때문일 것이다. 나 또한 이 운동을 취미로 삼기 전에는 축구나 풋살하는 여자를 한 번도 만나 본 적이 없다.

대부분의 구기 종목과 마찬가지로 축구와 풋살은 남자들 취미생활의 대표 격으로 느껴져, 직접 공을 차 볼 생각도 해 보지 못했다. 아니, 오히려 운동한 뒤에 땀범벅이 된 채 웃통 벗고 돌아다니는 남자애들을 보면 '대체 어디서 나오는 자신감이야.'라고 생각하고 말았다.

그런 내가 이제는 왜 그렇게 남자애들이 웃통을 벗고 다녔는지 너무 잘 안다. 지금 내 가슴골은 땀띠로 가득하니까. 얼마 전에는 땡볕 아래 경기하다가 열사병에 걸려 타이레놀을 한 알 먹고 겨우 잠들었다. 나도 공 차다가 웃통 벗고 싶다.

이 태도 전환은 어디에서 비롯된 것일까? 나는 이것이 '발견'에서 온 힘이라고 생각한다. 전에는 상상해 본 적 없는 것들이 내 주변 누군가의 첫 경험으로 인해 '발견'되면 내게도 그것을 접할 가능성이 열린다. 언젠가 트위터에 '바쏘(두두지악개)'

라는 닉네임의 권투하는 여성 유저가 이런 글을 올린 적이 있다.

"네이버에 우리 체육관 검색하면 내 스파링 영상 뜨거든? 그거 보고 '아, 여자도 치고받네. 걍(그냥) 다 하는 거구나' 하고 온 여자들이 꽤 있다는 거야. 이게 중요한 거임. 하고 있는 사람이 있거나 그냥 눈에라도 한번 띄는 거. (…) 하고 있는 사람을 많이 노출시키고 실제로 봐야 됨. 그래서 '나도' 하면서 시작하게 만들어야 함."

나는 좋아하는 사람이 생기면 무조건 "축구해 보실래요?"라고 들이댄다. 심지어 업무상 계약하러 만난 저자 미팅 자리에서 내가 경기에서 첫 골 넣은 영상을 보여 주기도 했다.

그 저자의 지인이 같이 공을 차는 사이라 반가운 마음에 들이댔는데, 나중에 "이 언니는 회사 업무로 만난 사람한테도 골 넣은 영상 보여 준다더라"고 소문이 나 버렸다. "나 그 정도로 분별없는 사람 아니야!" 외치고 싶었지만 보여 준 게 사실이라 변명의 여지가 없었다.

내가 본 세계를 당신도 볼 수 있다면

마음에 드는 사람에게 자꾸만 '축구하자'고 들이대는 이유는 간단하다. 내가 발견한 그 낯선 세계를 좋아하는 이에게 일부라도 보여 주고 싶기 때문이다. 상대는 어쩌면 이를 보고 마음에 들어 할 수도, 아니면 학을 뗄 수도 있을 것이다. 그가 전자의 마음이기를 바라지만 후자의 마음이 들었다고 해도 상관없다. 경험해 보고 '이건 나와 안 맞네.'라고 확인하는 과정 또한 중요하니까.

우리가 살면서 성별이나 나이, 직업, 학력, 장애 유무 등 수많은 장애물 앞에 부딪혀 시도도 못 해 보고 '이건 나와 안 맞을 거야' 생각하며 지레 포기한 적이 얼마나 많은가. 경험해 보고 포기한다는 것은 자신을 좀 더 깊이 알아 가는 방법 중에 하나다. 언젠가 지인은 나와 축구한 하루를 이렇게 적었다.

"나도 오늘만큼은 남자애들처럼 이 문장을 적을 수 있게 되었다. '나는 오늘 친구들과 축구를 했다.'"

나와 비슷한 이가 내가 전혀 상상해 본 적 없는 세계를 여행하는 모습을 보는 순간, 내 삶의 확장 가능성은 조금 더 커진다. 월드컵 경기도 안 보던 나를 친구 성애가 축구를 발견하게 도와주었고, 그 덕에 매일 공을 차는 이로 거듭났다.

이후 에디터리와 세봉, 기린 등도 내 권유로 축구를 접했고, 함께 공을 차던 우리는 '이런 세계도 있었어?'라는 놀라움을 공유했다. 그들 가운데 일부는 사정상 그만두었고, 일부는 여전히 공을 차지만 처음 함께 뛸 때 느꼈던 두근거림은 한동안 계속되었다.

우리는 우리가 좋아하는 것들을 최대한 자랑해야 한다. 그것이 내 삶을 어떻게 긍정적으로 변화시켰는지, 그것을 하기 전의 나와 하고 나서의 내가 어떻게 바뀌었는지 몸소 보여 주고 나면 그 변화에 감응한 누군가가 분명 뒤따라온다. 그렇게 우리는 좋아하는 것들을 공유함으로써 서로의 삶을 응원하는 사이가 된다.

앞으로 나는 계속 내가 좋아하는 여자들에게 "같이 축구해 보실래요?"라고 권할 것이다. 한 번이라도 좋으니 공을 함께 차 보자고, 좋아하는 것들을 더 많이 나누자고 제안할 것이다. 언제까지 계속할 거냐고? 더는 남자들이 "우와, 축구하는 여자 처음 봐요."라는 말로 감탄하지 않을 때까지.

낯선 이들에게서
나의 모습이 보일 때

초보와 고수 사이 어딘가

지금의 팀과 코치님은 내게 충분히 완벽하지만, 팀 훈련만으로는 실력을 쌓기에 한없이 부족하다.

"아, 성장하고 싶다. 강해지고 싶다!"

이런 말을 하면 주변 사람들이 "조기축구 아저씨들도 일주일에 한 번 하던데?"라고 묻는데, 그건 중학생 때부터 성인이 된 지금까지 줄곧 축구를 놓지 않은 사람들의 이야기이고, 30대 후반에 이 운동을 접한 나로서는 사정이 다르다.

'진심이라면서 어떻게 일주일에 한 번만 차요? 공 차지 않는 하루하루가 너무너무 아까워!' 하는 심정인 것이다. 나와 마찬가지로 빨리 성장하고 싶은 마음이 큰 친구 희라와 이에 대한 고민을 나누다가 의기투합하기로 했다.

"우리 축구 교실이라도 알아볼까?"

그렇게 축구 교실을 전전하기 시작한 지 한 달째. 아직도 우리에게 적당한 곳을 만나지 못했다. 그 이유가 무엇일까.

우리 실력이 애매하기 때문이다. 초보도 아니고 수준급도 아닌 상태. 남자들이야 수요가 많은 만큼 팀 스펙트럼도 다양하고 축구 수업도 수준별로 천차만별일 테지만, 여자들은 '초보반'이 대부분이다. 우리처럼 어중간하게 걸쳐 있는 수준을 받아 줄 만한 수업을 찾기란 쉽지 않다.

과거의 나와 닮은 사람들

한번은 집 근처 축구 교실에 갔는데, 기존 팀에서는 몸풀기의 일종인 사다리 스텝 훈련을 기초부터 알려 주고 있었다. 희라와 나는 팀 내에서도 사다리를 잘 타는 편이라 '사다리 주장'과 '부주장'으로 임명된 바 있다. 그러다 보니 우리가 사다리 두어 바퀴를 돌고 와도 아직 첫 단계를 배우고 있는 이들과 어떻게 함께할 수 있을까. 결국 하루 체험 코스를 끝으로 발길을 끊었다.

한 달간의 축구 교실 투어 끝에 느낀 점이 하나 있다. 어떻게 차야 공이 앞으로 뻗어 나가는지조차 모르던 내가 이제는 어느덧 '어떻게 하면 저 사람처럼 될 수 있을까?'의 '저 사람'이 되어 버린 것이다!

한번은 모 단체에서 운영 중인 팀에 초대받아 경기를 함께 한 적이 있다. 그날 한 분이 쉬는 시간에 내게 다가오더니 "저 아까 경기할 때 고칠 점 없었나요? 피드백 좀 주세요."라고 물었다. "저도 배우는 사람이라 잘 모르는데요? 남에게 피드백 드릴 수준이 아닌데요?"라고 손사래 치다가 문득 마음을 고쳐 먹고 아는 선에서 최대한 조언해 주었다.

내가 그에게 피드백을 건넨다고 해서 그의 실력이 한 번에 개선된다거나 드라마틱한 반전이 일어나리라 생각하지 않는다. 또 당연히 내 피드백으로 고마워하던 그가 나에게 금전적인 이익이나 애정을 주리라고 기대하지도 않는다. 그럼에도 낯모르는 신입 여성에게 차마 모질어지지 못한 이유는 단 하나다. 그의 눈빛에서 과거의 나를 보았기 때문이다.

처음 팀에 들어갔을 때, 나와 기존 사람들 사이 실력의 벽이 너무나도 높게 느껴졌다. 다른 이들은 공을 찬 지 만 1년이 넘었고, 나는 인사이드와 아웃사이드의 차이도 잘 모르던 상태. 초보자에게 1년은 말도 못 하게 거대하다. 내가 뭐 하나라도 비슷하게 흉내 내면 "나이스, 나이스" 외쳐 주는 친구들의 외침이, 내가 정말 잘해서가 아닌 일종의 추임새임을 모르지 않았다.

나를 키워 준 친구들처럼

인생의 모토 중 하나가 '남에게 폐 끼치지 말자'인 내게 '민폐의 아이콘'이 되어 버린 축구 인생은 도통 적응하기 어려웠다. 팀에 가입한 지 2개월 차, 한번 내린 결정을 쉽게 번복하지 않는 나로서는 큰 결심을 했다. 팀의 걸림돌이 되지 말고 그냥 내 그릇에 맞는 곳을 찾아 나서자. 운영진인 황소에게 독대를 신청한 뒤에 '그만두겠다'고 선언했다. 그는 나를 가만히 앉혀 놓고 이야기했다.

"언니, '행복 축구(즐기는 수준에서 하는 축구)'는 다른 데에서도 할 수 있잖아. 우리랑은 진짜 축구를 하자. 내가 도와줄게."

나는 누군가 '당신이 필요해요'라고 말하면 지나가는 빗방울까지도 두려워하며 길을 걷는 베르톨트 브레히트 같은 사람이다. 그런데 함께 공을 차는 친구가 나를 붙잡으니 차마 그 자리에서 돌아설 수 없었다. 게다가 그 붙잡는 손길은 그가 아닌 나를 위한 것임을 너무 잘 아니까. 가장 못하는 친구가 나간 자리를 더 잘하는 이가 메꾸는 편이 팀 전력에 훨씬 도움 될 텐데, 그러지 말고 소속감을 가지고 함께하자는 이유는 단 하나, 나를 같은 팀 팀원으로 생각해 주기 때문이었다.

언젠가 황소는 마포에 있는 공영 풋살장 하나를 대관해 나와 1 대 1 훈련을 함께해 준 적이 있다. 그 영상을 지금 보면 한심하기 짝이 없는 움직임인데, 그는 화 한 번 안 내고 찬찬히 자신이 아는 한도에서 피드백을 건네주었다. 당시에 못하던 기술들을 지금 습득할 수 있게 된 것은 시간과 노력의 결과이기도 하지만 황소를 비롯한 친구들의 정성 어린 조언들이 자양분으로 쌓였기 때문이다.

언젠가 황소는 인스타그램에 돌아다니는 성공 법칙을 담은 이미지 하나를 내게 보냈다. 제목은 "성공은 실패를 버틴 사람에게 온다." 우리 상상 속 성공의 모습은 노력과 시간이 100퍼센트 반영되어 성공 쪽으로 45도 직선 우상향하는 그래프이지만, 실제로는 노력+실패+끈기가 모이는 한없이 꼬인 실 같은 어질어질한 형태의 우상향 그래프라는 내용이었다.

후자의 그래프는 꼬임이 심한 롤러코스터처럼 바닥을 쳤

다가 공중에서 휘몰아치다가 한바탕 난리가 난다. 그 좌충우돌 대소동을 거치고 나면 어느 순간 몇 계단 위쪽에 올라타 있는 것이다.

당시의 나는 노래 가사처럼 "(축구) 앞에만 서면 나는 왜 작아지는가"를 외치던 때라 그 그래프를 보며 '난 계단을 오른 적 자체가 없는 레벨 0인데'라고 생각했지만 차마 황소에게 그렇게 말하진 못했다. 그저 "알았어. 지난하게 노력해 보자."라고 대답했을 뿐이다.

그렇게 바닥을 쳤던 나는 운동 선배들의 정성 어린 피드백을 받아 안은 덕분에 무사히 지금의 이지은으로 거듭났다. 그러니 "피드백 좀 주실 수 있나요?"라고 묻는 초보들에게서 어찌 나를 보지 않을 수 있겠는가. 그들은 나의 환생이다.

그날 나는 황소의 마음에 빙의되어 최선을 다해 내가 아는 지식들을 그에게 건네었다. 나와 황소의 관계와 달리 그와 나는 다시 만나지 못할 확률이 높겠지만, 축구인이라는 큰 바운더리 아래 공을 차는 초보 여성이라는 것만으로도 서로의 앞날을 응원할 것이다.

○
축구왕들이여,
우리는 필드에서 만납시다

"쟤는 저보다 더해요"라는 위안

운동에 진심인 사람들의 말버릇이 있다. "나 정도는 아무것도 아니야. ○○○는 나보다 더해." 나 또한 방어기제의 일환으로 즐겨 내뱉는다. PT 트레이너한테 공 좀 그만 차라고 혼날 때, 팀 코치 교사에게 공 좀 그만 차라고 혼날 때, 도수 치료사에게 공 좀 그만 차라고 혼날 때(혼나는 인생이라 보면 된다)마다 나는 외친다.

"진짜로 저 정도는 아무것도 아니에요. 황소는(또는 희라는, 또는 바우는, 또는 다예는) 저보다 더 많이 찬단 말이에요!"

한번은 폴댄스에 한창 빠져 있는 한 작가님이 운동하다가

갈비뼈가 두 번 연속 부러진 이야기를 들려준 적이 있다. 내심 '나는 저 정도는 아닌데' 안심했는데, 그가 나를 보며 말했다.

"전 저보다 더한 사람 처음 봐요. 제 남편이 맨날 저보고 '과하다'고 혀를 차는데, 지은 님 존재를 알면 좋아할 것 같아요."

왜 운동하는 이들은 서로의 극단성을 보며 안심하는가. 이 마음은 '저 사람보단 내가 낫지.'라는 우월감의 일종이라기보다는 '나는 저만큼 하진 않으니 지금의 루틴을 유지해도 되겠지.'라는 안심의 방어막이라 보는 편이 더 적절하다. '이 정도로 취미에 빠진 내가 엄청나게 이상한 사람은 아니구나, 나만큼 (어쩌면 나보다) 더 이상한 사람이 저기 나타났다!' 하는 동질적 친근감.

물론 이런 마음은 운동하는 사람들끼리나 통용되는 것이다. 한여름에 쏟아지는 장대비 속에서도, 한겨울 영하 15도 추위에도 공을 차러 모이는 우리는 안다, 우리를 이해할 수 있는 사람은 서로뿐이라는 사실을.

작은 고추 나가신다

나를 처음 본 사람들은 대부분 '얼굴에 운동이 없는데?'라는 표정을 짓는다. 그들이 바로 봤다. 이전의 나는 뛰는 것, 땀 나는 것, 소리 지르는 것, 몸을 부대끼며 힘을 겨루는 것 등 구장 안에서 해야 하는 모든 것을 경멸했다. 눈앞에 타야 할 버스가 지나간다? 횡단보도 파란불이 깜박인다? 뛰어서 그 타이밍을 잡느니 다음을 기다리는 사람이었다.

욕심이라는 감정과는 거리가 먼 삶이었다. 힘들여 내 몫을 탐내느니 좀 더 노력하는 다른 이에게 기꺼이 내주는 편이 낫다. 착해서라기보다는 싸우기 싫어서 그랬다. 한정된 에너지를 필요한 데에만 쓰고 싶었다.

이런 내가 지금은 매일같이 뛰어다니고, 구장 안에서 서로를 부르느라 목청껏 소리를 지르고, 땀을 하도 흘려 가슴팍에 땀띠가 나고, 상대편의 등만 보이면 내 자리를 넘보지 말라는 심정으로 한껏 밀어 버려서 별명이 '작은 고추'가 되었다. 여전히 1 대1 승부는 무섭지만, 그럼에도 전처럼 허무하게 지지는 않는다.

빼앗긴 몫을 되찾기 위해 최선을 다해 뛴다. 누군가 나를 제끼면 비틀거릴지언정 바로 다시 달려들어 만회할 기회를 노린다. 내가 비켜 준 자리를 내 친구들이 메꿔야 하는 상황을 만들 수 없기에 내 몫을 어떻게든 해내야 한다.

그러니까 이 모든 움직임은 결국 함께하는 동료들을 위한 것이다. 혼자였을 때는 잘 뛰지도, 땀을 내지도, 소리 지르지도 않던 내가 너희를 위해서 발바닥이 아플 때까지 뜀박질하고, 땀으로 샤워하고, 내가 여기 있다고 너희 옆에 있다고 소리를 지르는 것이다. 나는 너희와 함께했기에 변했다. 그 모습이 꽤 마음에 든다.

축구왕 아닌 축구왕들이 있어서

처음 이 운동을 접할 때는 내 성장만 기대했다. 지금은 생각이 조금 바뀌었다. 축구왕은 혼자서 될 수 없다. 함께 뛰는 내 친구, 매너 좋은 상대편 선수들, 열정과 애정으로 가르침을 주는 스승들까지 모두의 성장이 동반되어야 한다. 그러니까 '축구왕'이 아닌 '축구왕들'이 되어야 하는 것이다.

공을 차는 동안 정말 많은 이를 만났다. 몸담았던 풋살 팀과 축구 교실, 동네 풋살장에서 만난 인연들과 함께 몸을 부대낀 매치까지, 한 동네 사는 초등학교 2학년생부터 고양시에 사는 주부까지, 나를 스쳐 지나간 축구인들을 곱씹어 보면 못해도 300명은 족히 넘을 것이다. 그 수많은 이들의 얼굴을 가만히 떠올려 본다. 과연 축구라는 매개가 없었다면 우리가 옷깃 한번 스칠 수 있었을까?

지금은 내 성장뿐 아니라 당신들의 성장까지 함께 바라게 되었다. 내가 환갑 전에 축구왕이 될 일은 아무래도 요원하겠지만, 당신들과 함께 근근이 성장하는 것이 축구왕의 덕목이라면, 어쩌면 가능할 것도 같다.

라인을 넘어선
여자들

공 앞에서는 모두가 같은 마음

사랑에 빠지는 데 필요한 시간이 '3초'라는 말이 있다. 이 말이 사실이라고 믿는다. 내가 직접 겪어 보았으니까.

나는 축구공이 처음 발에 닿은 순간부터 이 운동을 사랑하게 될 줄 알았다. 공을 접한 지 만 2년이 다 되어 가는 지금, 여전히 볼 컨트롤과 슈팅 능력 등 부족한 게 너무 많지만 축구와 풋살을 아끼는 마음만큼은 줄어들지 않는다. 공을 찰 때마다 늘 생각한다.

'못하는데도 이렇게 재미있는데, 잘하면 얼마나 재미있을까?'

축구와 풋살에 관심을 가지면서 자연스럽게 프로 선수들에 대한 호기심도 생겼다. 자고로 선수들이라면 잘하는 사람들 중에서도 더 잘하는 사람들의 집합 아닌가. 그들끼리 경기하면 얼마나 재미있을까(물론 취미생활자의 낭만임을 안다. 취미와 노동은 전혀 다를 것이다). 더구나 큰빛 코치님도 그랬었다. 경기를 많이 볼수록 축구에 대한 이해도가 깊어지니 자꾸자꾸 보라고. 그의 말에 따라 시간 날 때마다 축구와 풋살 경기들을 챙겨 보았다. 그러다 보니 자연스럽게 맨눈으로 그 경기들을 보고 싶다는 생각이 들었다.

같이 공을 차는 친구들도 한마음이었다. 한번은 동네 축구친구들과 상암 월드컵경기장에서 열리는 WK리그 경기를 보러 갔다. 그 큰 경기장에서 나와 성별이 같은 선수들이 각자 다른 색 유니폼을 나누어 입고 마음껏 뛰고 있겠지? 그 모습을 모두 눈에 담아 가자.

하지만 막상 월드컵경기장에서 열리는 경기는 내가 생각했던 중앙의 동그란 메인 경기장이 아니었다. 여자 축구는 보조 경기장에서 이루어진다고 했다. 어찌저찌 찾아간 보조 경기장에는 그 어떤 안전 요원도, 티켓을 끊는 매표소도, 표나 붉은악마 머리띠를 파는 잡상인도 보이지 않았다. 당연했다. 이 모든 경기는 무료였으니까. 그럼에도 듬성듬성 자리가 비어 있었다. 강아지 산책시키던 한 주민이 그 주변을 지나가다가 은근슬쩍 들어와 경기를 조금 보다가 다시 나갔다.

전광판에는 두 팀의 이름과 스코어만 떠 있었고, 추가 시간이 주어져도 전광판에 뜨지 않아 경기가 몇 분 남았는지 심판만 알 수 있었다. K리그 경기에서는 볼 수 없는 생경함이었다. 그때 처음 알았다. 여자라면 축구를 아무리 잘해도 보조 경기장에서 뛸 수밖에 없구나. '프로의 세계는 냉정한 것'이라지만 그 냉정함이 실력이 아닌 성별로 구분된다면 그만큼 억울할 것도 없겠구나.

사랑하는 마음까지 등급을 나눌 수는 없으니까

최근에 유튜브 채널 '안정환 19'에서 '반지원정대'라는 프로젝트를 시작했다. 축구를 하다가 자의 또는 타의로 그만두게 된 여성들에게 다시 기회를 주어 하나의 팀을 만드는 내용이다. 언젠가 안정환 씨가 출연한 KBS 방송 〈청춘FC 헝그리일레븐〉의 여성 버전이라 할 수 있겠다.

이번엔 감독이 아닌 구단주로 등장한 안정환은 한마디 한다.

"나도 여자 축구는 잘 모르기 때문에 죄책감(부채감)이 있고…."

우리나라 제일가는 남자 축구 선수 자리에 섰던 이조차 옆동네 동료들의 상황을 잘 몰랐다니 의외였다. 그들의 소외감에 부채감을 느꼈다는 말이 같이 공을 차는 선수로서의 솔직한 심정 아니었을까.

방송에 나오는 여성들을 하나하나 들여다보았다. 공을 처음 찰 때 매일같이 찾아보았던 유튜브 채널 '키킷'의 서녕, 선갱, 엄다 씨도 눈에 들어오고, '샌드박스 풋살' 팀에서 남자 선수들과 함께 뛰는 황혜수 씨도 인터뷰에 등장했다. 유명 축구 선수 가레스 베일과 축구 스타일이 비슷하다는 이세빈 씨도 유명하다. 감독으로 등장하는 이들도 티아고킴, 동고(동네축구 고수) 등 유튜브에서 '축구'를 검색하면 나오는 유명 유튜버들이었다. 해당 프로그램이 여자 축구 활성화를 위해 스타성 있는 이들을 섭외하려 고심한 흔적이 눈에 보였다.

영국이 축구 강국인 이유는 풀뿌리 축구가 활성화되어 있기 때문이라는 말이 있다. 여기서 풀뿌리 축구는 풀뿌리처럼 누구나 쉽게 접할 수 있는 환경이 조성되는 것을 이야기한다. 안정환은 우리나라의 풀뿌리 축구 활성화를 위해 유소년 선수들을 지원하고, '반지원정대'라는 여자 축구 팀을 만드는 것이라고 말했다.

만약 그의 노력이 결실을 맺어 우리나라에도 풀뿌리 축구가 활성화된다면 어떨까. 나처럼 뒤늦게 축구의 재미를 깨닫고 늦바람이 불어, 되지도 않는 몸을 이끌고 공을 찾는 이가 줄어들지도 모르겠다. 나는 '다시 태어난다면 반드시 다섯 살 때부터 공을 차겠다'며 늦게 시작한 이 생활에 후회하고 또 후회하는 사람이다.

'반지원정대'에서는 여덟 명의 코치가 선수들의 경기를 본 뒤에 축구 실력을 A부터 D등급으로 구분하고, 이후 그 등급에 따라 선수들을 나누어 배분한다. 선수 배치가 끝나고 검은 배경에 다음의 메시지가 떴다.

"단 몇 경기만으로 선수를 판단하는 것은 위험할 수 있으며, 오랫동안 기록으로 남을 영상에 등급 결과 공개가 선수에게 상처가 될 수 있다는 점에서 등급을 공개하지 않기로 결정했습니다. 축구를 사랑하는 마음까지 등급을 나눌 수 없기 때문입니다."

이 결정은 안정환의 요청으로 이루어진 것이라고 한다. 승부의 세계가 냉정하다지만 축구도 인간이 하는 것이다. 우리가 서로를 존중할 수 없다면 공 아래 하나가 되어 뛸 수 없다. 그런 이가 구단주라면 이 여성들도 더는 타의로 운동을 그만

두지 않아도 되겠지. 앞으로 그들이 어디까지 나아갈지 궁금

해진다.

쉬는 시간은
버리는 시간이 아니다

여유를 가지는 법

스물세 살에 출판 일을 시작해 40대를 앞둔 지금까지 일을 쉰 적은 거의 없다. 어딘가에 소속되어 있지 않으면 불안하고 초조해지는 성격 때문이다. 이는 평소 생활 습관에도 드러난다. 매일 시간을 쪼개 쓰고, 쉬고 있으면 죄짓는 것 같아서 하다못해 소파에 붙은 고양이 털이라도 떼어 낸다.

남들은 내게 축구가 여가생활일 거라 생각하겠지만 모르는 소리다. 축구 때문에 더 바쁘다. 우리 팀 친구들을 일주일에 최소 두세 번씩 만난다. 한 번 만날 때마다 운동에, 왕복 오가는 시간까지 합하면 기본 서너 시간은 쓴다. 머릿속을 깨끗이 비우는 데 도움이 될지는 몰라도 '쉰다'는 개념과는 맞지 않는다.

문제는 일에서도 취미에서도 쉬지 않고 달리다 보니 그만큼 지쳤다는 것이다. 빈 공간 없는 나날에 자꾸 '이제 좀 쉬고 싶다'는 생각이 자꾸 머릿속에 맴돌았다. 이제야 내 부모가 얼마나 대단한 분들인지 깨달았다. 엄마는 1년에 가게를 단 이틀만 닫았다. 아빠는 돌아가시기 직전까지 일만 했다(산업재해였다). 20대 초반부터 40여 년간 한결같던 분들. 그들을 생각하면 내가 뭐 대단히 많은 일을 했다고 '지쳤다'는 마음을 품나 싶다가도 문득 '그냥 다 때려치우고 아무도 나를 모르는 곳에 살면서 최소한의 벌이만 하며 자급자족하다가 자멸하고 싶다'는 바람이 간절해지기도 한다. 이런 나의 이중적인 마음을 들은 토란은 말했다.

"언니는 지금 번아웃이 온 거예요. 회사 그만두고 1~2년쯤 쉬어 보면 어때요?"

쉬라고? 그러다 나 도태되는 거 아냐? 토란의 말에 솔깃했지만 두려움에 결국 그 선택을 하지 못했다.

2초만 더 공 가지고 있기 훈련

언젠가 내 생각 없는 플레이에 한껏 답답해진 큰빛 코치님은 나를 세워 놓고 이런 말을 했다.

"자꾸 죽은 공간으로 다가가지 마세요."

'죽은 공간'이란 상대에게 막혀 내가 패스도 드리블도 컨트롤도 할 수 없는 공간을 말한다. 내가 등을 지고 있는 공간을 말하기도 한다. 흔히 축구와 풋살을 땅따먹기라고 표현하는데, 빈 공간을 많이 활용할수록 유리하기 때문이다.

공간은 '여유'가 있어야 생긴다. 내가 급해지면 내 팀 동료들도 함께 급해진다. 빌드업 할 때 고개를 들고 천천히 전체를 스캔하면 패스 길이 눈에 보인다. '저 친구에게 공간이 있다, 공을 받을 여유가 있다' 판단이 들면 그때 패스해야 한다.

잘못을 알았으니 고칠 차례다. 큰빛 코치님은 내게 '공 바로 차지 않기'를 주문했다. 매번 빨리 넘겨주려 하다 보니 실수가 생긴다는 것이다. 이후로는 연습할 때도, 시합할 때도 공을 2초 이상 가지고 있으려 노력하게 되었다. 느슨한 압박에서는 최대한 공을 소유하다가 다른 친구에게 넘겼다. 자꾸만 앞으로만 치고 가는 습관을 버리고 뒤쪽 키퍼와 반대편 수비에게 패스를 시도했다. 그날 전후반 15분 경기 동안 어시스트를 두 번 성공했다. 멀리서 코치님의 "나이스!" 소리가 들렸다. 그렇게 여유는 내게 길을 보여 주고 공간을 내어주었다.

도끼를 가는 시간

링컨 대통령은 이런 말을 남긴 적이 있다.

"누군가 내게 나무를 벨 여섯 시간을 준다면 그중 네 시간을 도끼날 가는 데에 쓰겠다."

도끼질할 시간도 모자란데, 날만 가는 데 그 두 배의 시간을 써도 되는가. 흔히 이 이야기에서 '끈기와 인내'의 교훈을 찾지만, 나는 이 이야기가 '여유의 시간'을 의미한다고 생각한다. 관건은 네 시간 동안 마냥 도끼날만 가는 것이 아니다. 눈을 똑바로 뜨고 날을 바라보아야만 한다. 남들이 나보다 먼저 치고 나간다고 해서 스스로를 다그치지 말고 여유를 가지고 기다리는 것이다. 예상했던 네 시간을 채웠다고 해서 무작정 나가면 안 된다. 비가 너무 많이 내려 벌목에 적절하지 않은 시기일 수도 있고, 다른 벌목꾼이 적당한 장소를 다 차지해 경쟁이 치열할 수도 있다. 어쩌면 내 도끼 컨디션이 네 시간 간 것으로는 충분하지 않을지도 모른다. 이런 상황들을 다 파악하고 길을 나서야 두 시간만 나무를 베도 원하는 만큼 수확할 수 있을 것이다.

지금까지 난 내 도끼를 갈 시간을 가졌나. 16년간 일하면서 네 시간은커녕 4분도 안 갈아 번아웃까지 스스로를 몰고 간 게 아닐까. 이제 멈추어 서서 내 도끼를 직시하며 날을 갈아야 할 때가 온 것 같다. 자꾸 막힌 길로 나를 몰아세우지 말고 가끔은 멈추어서는 것이다. 인생은 기니까. 공을 세워 놓고 잠시 기다리는 이 모든 시간이 의미 없지 않다는 걸 아니까.

문제는
나이가 아니구나

나이 먹는 게 무서워

우리 팀 20여 명의 선수 가운데 왕언니를 맡고 있다. 가장 어린 친구와의 나이 차이는 스무 살. 막내 빈이가 내게 "언니는 몇 살이에요?" 물어봤을 때 괜히 부끄러워 귀에 대고 "84년생이야"라고 속삭였다. 빈이는 잠깐 할 말을 잃더니 "아, 우리 회사 대표님이 84년생인데…"라며 말끝을 흐렸다. 그래, 내 나이가 좀 많지? 언니라 불러 주어 고마워.

원체 가질 수 없는 건 처음부터 바라지 않는 성격이다. 그래서인지 전에는 나이 드는 것에 그 어떤 타격도 받지 않았다. 나이 적은 친구들을 부러워한다고 내 나이가 줄어드나? 그런

거 신경 쓸 시간에 다른 장점을 키우는 편이 낫지.

그런데 지금은 다르다. 하루하루 늙어 가는 게 그렇게 아까울 수가 없다. '언제까지 이 운동을 할 수 있을까?'라는 생각 때문이다. 가끔은 친구들에게 농담을 한다. "나 70대 되면 할매 FC 만들 테니까 들어올 준비 해." 바우는 "언니, 그냥 우리 팀이 다 같이 나이 먹으면 70대 되는 거예요. 그저 언니가 그곳에 먼저 도착할 뿐이야."라고 말했다. 아, 그러네. 모두 백발이 풍성해질 때가 오면 우리 팀 이름을 할매FC로 바꾸자.

이런 농담들은 처음에는 웃으며 시작하지만 뒷맛은 쓸쓸하다. 다가올 리가 없는 미래를 말하는 것 같은 기분이 들어서다.

언젠가 조기축구회 아저씨들이 축구하는 모습을 구경하다가 한 남성이 외치는 소리를 들었다. "야, 60대 군기 잡아!" 남성들은 60대에도 군기 잡힌다는 사실도 놀라웠지만, 저 말을 외치는 저 사람의 나이도 놀라웠다. 본인이 70대, 못해도 60대 후반은 되어야 내뱉을 수 있는 문장 아닌가. 60, 70대에도 공을 찰 체력이 되나? 그때 잠깐 희망을 가졌지만 이내 사그라들었다. 저들은 남자잖아. 나와 육체의 한계가 다르겠지.

언니즈 출동

이런 나의 마음을 아는지 모르는지, 회장 황소가 대회 소식을 하나 들고 왔다. 우리가 '씹어 먹을' 대회라며 펼쳐 든 소식에는 말머리에 이 문구가 적혀 있었다.

"출전 자격 35세 이상."

35세 이상 대회라니. 거기에 가면 나보다 나이 많은 사람이 얼마나 될까? 팀 우승을 목표로 한다는 친구들과 달리 난 다른 꿈을 꾸었다. 나의 미래를 가늠하고 싶다는 꿈.

총 12개 팀, 약 120명이 함께하는 대회는 한눈에 봐도 나보다 나이가 많은 이들이 더 많아 보였다. 세상에. 35세 이상에도 이 운동을 즐기는 이들이 이렇게나 많다고? 언니들, 이제까지 어디 계셨던 거예요?

우리 팀 경기가 끝날 때마다 다른 팀 경기를 구경했는데, 한 팀의 이름이 눈에 들어왔다. 맘스FC. 엄마들 모임이라고 했다. "엄마 아니면 못 들어가요?" "아뇨, 애 없는 사람이 없어서 이렇게 지었어요. 우리는 할머니도 있어. 저기 저 키퍼 보이죠? 저 언니는 57살이야. 나는 50살이고." 그때 57세 언니가 멋진 선방 후 공을 집어 들더니 상대편 골대 앞까지 빠르고 멀리 던졌다. 오, 저 포스 뭐야. 처음 보는 사이였지만 난 풋살장 그

물망에 붙어 신나게 맘스FC를 응원하기 시작했다.

그러고 보니 연합 팀인 우리 팀에도 나보다 언니가 있었다. 그중에 나보다 여덟 살 많은 옥언니가 눈에 들어왔다.

"언니는 언제부터 공 찼어요?"

"음… 10년 전?"

그럼 나와 비슷한 나이에 공을 차기 시작한 거잖아? 마음이 한껏 부풀어 오른 나는 대뜸 그에게 외쳤다.

"언니는 제 꿈과 희망이에요!"

뜬금없는 고백에 그 언니는 박장대소했지만 나는 진심이었다. 내게 이 취미는 부표도 없이 떠도는 망망대해에 선 느낌을 주었다. 언젠가 황소에게 "난 올해가 마지막 아닐까 싶어."라는 말을 한 적이 있다. 나이 앞자리가 4로 바뀌면 그때는 정말 축구를 버려야 할 것 같은 불안으로 가득하던 때였다. 그때 옥언니를 만난 것이다. 그는 길을 잃은 내게 나타난 작은 등대다. 이쪽으로 오라고, 여기에도 길이 있다고. 그 길을 먼저 가는 사람들을 보라고.

늦게 시작해서 어려움은 없냐는 내 말에 아무래도 스피드도 체력도 한계가 크지만 그저 할 수 있는 걸 하는 게 아니겠냐고, 애들 잘 만나서 지금까지 하는 거니까 한 발 더 뛴다고 생각하고 경기에 임한다는 대답이 돌아왔다. 나는 그 말을 하나하나 곱씹으며 다시 경기장으로 향했다.

할매FC 창단, 그날을 위해

문제는 나이가 아니구나. 못하는 것에만 집중해 왔던 마인드의 문제였다. 나는 바우보다 피지컬이 안 되는데, 황소만큼의 기본기가 없는데, 다예만큼 스킬이 좋지도 시야가 넓지도 못한데. 그런 마음으로 공을 차니 언젠가부터 이 운동이 행복감을 주지 않았다. 뛰는 게 기쁘기는커녕 대회나 경기를 나갈 때마다 부담스러워 밥이 안 넘어간다. 경기에 이기고 있으면 나 때문에 역전당할까 봐 겁나고, 지고 있으면 내 부족한 실력 때문에 교체해 주지 못하는 게 속상해 스스로에게 화가 난다. 그러다 보니 나는 그 어느 쪽에서도 웃을 수 없었다. 언젠가 혜리가 내 허리를 감싸더니 말했다. "난 언니가 자신감을 가졌으면 좋겠어요. 언니는 실수하면 너무 미안해해. 실수할 수도 있지. 못하면 어때요. 우리 다 똑같은데." 나이 많은 언니가 듬직하지 못하고 오히려 동생들에게 위로만 받는다. 손 많이 가서 미안해.

언젠가 코치님은 주눅 들어 있는 내게 말했다.

"뭔가를 시도하다가 실수하는 건 괜찮아요. 그런데 아무것도 해 보지 않고 나오면 정색할 거예요."

그의 정색을 잠재울 방법은 명료하다. 바꿀 수 없는 것(나이)에 연연하지 말고 바꿀 수 있는 것(실력)에 집중할 것. 무언가 하나라도 해 보고 실패할 것. 그런데 그거, 내가 가장 잘하는 거잖아? 나이 드는 것보다 쌓이는 연륜에 더 집중하던 사람. 그러니까 나는 나답게 지내면 되는 것이다. 인생에서 쌓은 지조대로, 축구 인생도 그렇게 쌓아 갈 테다. 그렇게 하나둘 시간을 더해 가다 보면 나는 어느새 50대, 60대, 70대가 되어 있을 테고 친구들과 할매FC 창단식을 거행하겠지. 그때 축구 인생을 돌아본다면 꽤 뿌듯할 것 같다.

○

필드 위에서라면
몇 번을 넘어져도 괜찮으니까

지금껏 세상 모든 일을 마음만 먹으면 이룰 수 있다고 생각해 왔다. 그도 그럴 것이, 관계에서 스트레스 받는 일도 별로 없었고, 큰 공백기나 드나듦 없이 십여 년간 일해 왔고, 몸도 건강한 편이고, 근성도 있었다. 하지만 축구하면서 알았다. 세상은 그렇게 만만하지 않다는 걸. 언젠가 일이 잘 풀리지 않아 힘들어하는 내게 닐늬리야 언니는 말했다.

"넌 지금껏 니가 잘난 줄 알고 살았지? 지금이라도 맘대로 안 되는 것들이 있다고 아는 게 다행인 거다? 지금은 견디는 시간이니 그냥 견뎌. 이런 시간은 어릴 때 가질수록 좋지만 지금이라도 가지는 게 어디니."

이 세상은 내가 만든 게 아니니 늘 내 편일 수는 없다. 시기의 차이일 뿐 실패와 좌절은 누구에게나 온다. 그걸 어떻게 극복하느냐에 이후의 삶이 달려 있다.

축구는 내게 실패와 좌절을 어떻게 잘 쌓아 나갈지 알려 주는 시뮬레이션 같다. 처음 이 운동을 시작했을 때는 좌절이 일상이었다. 나는 왜 나이가 많아서, 나는 왜 구기 운동을 안 해 봐서, 왜 피지컬이 약해서 이 모양인가. 스스로를 다그치다 보니 자신감은 계속 떨어졌다. 망설이다가 패스할 시기를 놓쳤고, 같은 편이 고립되어 있어도 "여기, 여기로 패스! (공) 밟아!"라고 소리칠 용기가 나지 않았다. 한껏 쪼그라들다 못해 '나 이제 이 운동 그만둬야지' 생각하고 팀에서 나가겠다고 말하기도 했다. 가뜩이나 힘든 인생인데 이런 자잘한 좌절들을 경험하고 싶지 않았다. 그냥 인정하고 싶었다. 정말 내 마음대로 안 되는 것도 있다고.

그런 나날을 견뎌 낸 지금은 어떨까. 나는 꾸준함의 힘을 믿게 되었다. 리프팅 운동을 처음 하면 발등에 한 번 맞추는 것조차 힘들다. 한 번 맞추고 떨구고, 다시 한 번 맞추고 떨구고. 이 훈련을 수십 번 반복하다 보면 드디어 바닥에 떨어뜨리지 않고 다섯 번 이상 리프팅할 수 있는 때가 온다. 다섯 번만 넘긴다면 이후에 리프팅 실력은 수직 곡선을 이루며 상승한다.

삶도 비슷하지 않을까. 어려워 피하고 싶은 시간이 다가와도 견디며 차근차근 밟아 나가다 보면 어느새 단단한 내가 되어 있지 않을까. 그 마음을 알려 주기 위해 신이 내게 축구를 보낸 것 같다.

축구와 출판은 비슷한 면이 많다. 글은 저자가 쓰지만 책은 저자 혼자 만들지 않는다는 점에서 그렇다. 이른바 팀플레이, 그것이 전부다. 이 책이 나오기까지 정말 많은 이들이 함께했다는 사실을 안다. "축구 기사를 써 보면 어떠세요?"라며 연재를 제안하고 "연재 첫 화보다 뒤로 갈수록 글이 더 좋아지고 있어요."라고 격려해 준 오마이뉴스 유지영 기자에게 친구로서, 글쓰기 동료로서, 편집자로서 곁을 지켜 주어 고맙다는 말을 건네고 싶다. 또 "함께 공 차러 갈래요?" 말 걸어 주고 처음 축구의 세계로 인도해 준 성애, 나조차 나를 포기한 순간에도 나를 버리지 않았던 내 멘탈 코치 황소에게 특별히 감사의 말을 더한다. 너희의 조언 아래 공을 차던 시간들이 당시의 나를 살게 했다고, 함께 뛰는 순간들이 귀했다는 말을 전하고 싶다.

그리고 초보 딱지를 뗄 때까지 꾸준히 나를 이끌어 준 별로, 내가 실수할 때마다 "으이그" 외치고 나이 많은 선수라고 구박해도 결국에는 자세라도 한 번 더 다잡아 주는 큰빛 코치님에게도 나를 견뎌 주어 고맙다는 말 전한다. 당신들이 아니었다면 난 여전히 땅만 보며 엉금엉금 드리블하는 초보 상태로 멈추어 있었을 것이다.

마지막으로 함께 공을 차고 처음 이 책 출간을 제안해 준 김승주 편집자, 서툰 원고를 그럴듯한 책으로 재탄생시켜 준 북트리거 공승현 편집자 외 출판 관계자 여러분에게도 감사의 말씀 전한다.

북트리거 일반 도서

북트리거 청소년 도서

취미로 축구해요, 일주일에 여덟 번요
축구가 어시스트해 준 삶의 기쁨과 슬픔에 대하여

1판 1쇄 발행일 2024년 9월 10일

지은이 이지은
펴낸이 권준구 | 펴낸곳 (주)지학사
편집장 김지영 | 편집 공승현 명준성 원동민
책임편집 공승현 | 디자인 정은경디자인
마케팅 송성만 손정빈 윤술옥 | 제작 김현정 이진형 강석준 오지형
등록 2017년 2월 9일(제2017-000034호) | 주소 서울시 마포구 신촌로6길 5
전화 02.330.5265 | 팩스 02.3141.4488 | 이메일 booktrigger@naver.com
홈페이지 www.jihak.co.kr | 포스트 post.naver.com/booktrigger
페이스북 www.facebook.com/booktrigger | 인스타그램 @booktrigger

ISBN 979-11-93378-24-3 03810

북트리거

트리거(trigger)는 '방아쇠, 계기, 유인, 자극'을 뜻합니다.
북트리거는 나와 사물, 이웃과 세상을 바라보는 시선에 신선한 자극을 주는 책을 펴냅니다.